J'ai tout dans ma tête

Rachel Arditi

J'ai tout dans ma tête

roman

Flammarion

Note de l'autrice

Toutes les citations en exergue sont tirées d'*Eugène Onéguine* de Pouchkine, dans la traduction d'André Markowicz aux Éditions Actes Sud.
Pour repère, j'ai indiqué le chapitre d'où provient chaque extrait.

ISBN : 978-2-0802-9103-5

À mon père, où qu'il soit

« Mais enfin, en supposant que toutes les difficultés soient résolues, tous les obstacles aplanis, en réunissant toutes les chances en votre faveur, en admettant que vous arriviez sain et sauf dans la Lune, comment reviendrez-vous ?

— Je ne reviendrai pas ! »

JULES VERNE,
De la Terre à la Lune

« Le bruit du monde le lassa. »
Chapitre 1

— Bien, ma biche. Je pars.

Je ne devrais plus m'étonner de cette entrée en matière dans les conversations avec mon père. Ça fait des années qu'il martèle en boucle son départ imminent. S'échapper de cette maison de retraite où il réside à Nogent-sur-Marne est devenu son obsession. Et après tout, à son âge, 96 ans, quoi de plus naturel ? On s'approche globalement de la fin. Mais la vérité est que depuis le début, j'ai décidé de croire à son projet d'évasion, d'entrer dans son jeu. Non pas pour le protéger d'une réalité qu'il ignore – cette impossible fugue –, mais avant tout parce que moi-même j'aime les rêves et que j'ai envie de découvrir jusqu'où sa fiction le mènera. Je suis avide de la suite, comme quand on lit un bon livre. Voilà pourquoi lorsque, pour la cent quatorze millième fois, il m'a invectivée ce jour-là de sa voix martiale, j'ai répondu avec une authentique curiosité :

— Tu pars ?

— Absolument. Je raccroche et je pars. À Marseille. Je ne reste pas une seconde de plus. Quand est-ce que tu viens me voir ?

— Eh bien… disons demain ?

— Demain ? Formidable. Monstrueusement formidable. Je serai là ma bichette. Et je t'attendrai avec une impatience fébrile.

Mon père n'économise jamais son enthousiasme. Il a, à vivre, une ardeur de géant.

« Pourquoi gêner
La joie fugace qui l'inonde ?
Qu'il rêve heureux, qu'il brûle et croie
Vivre la perfection du monde. »

Chapitre 2

Au moment de me mettre en route le lendemain, j'hésite. Mon père vient de me laisser un nouveau message, dans lequel il chuchote sur un ton de secret-défense :

— Bien, ma biche. Lorsque tu viendras tout à l'heure, mets donc dans ta voiture un de ces sacs en toile épaisse, qui se terminent en haut par un cordon pour les fermer, et que les marins utilisaient autrefois pour y mettre des vêtements, des objets, des vivres, enfin, etc. Tu mets ça dans ta voiture. Mais surtout, tu ne le dis à personne ! Voilà ! Je t'expliquerai.

Mon père ne parle pas. Il écrit tout haut. J'ouvre le grand placard de l'entrée pour voir si par hasard ne s'y trouve pas un de ces fameux sacs de marin, mais non. Je ne possède pas un tel sac. Je me mets en route, sous un soleil radieux.

Contrairement à d'autres maisons de retraite que j'ai visitées, la « Maison des Artistes » ne sent pas l'urine. En revanche, une puissante odeur de réfectoire se répand dans toute l'enceinte, bien que la cantine se trouve au sous-sol du bâtiment. C'est une spacieuse bâtisse du XIXe siècle. Sur la longueur d'une des façades, une grande véranda relie en une galerie l'aile ouest à l'aile est de la maison, remplie d'œuvres des résidents du passé. Quand je la traverse, je suis toujours saisie d'angoisse. Je ne sais pas pourquoi. Quelque chose me renvoie à moi-même, sans doute, dans le contraste singulier entre cet habitacle de verre moderne et les vieilleries qui le peuplent.

L'accueil se fait par l'extrémité ouest de la véranda. À chaque heure du jour on entend le sifflement de quatre perruches – trois bleues, une jaune – installées dans une vaste cage au cœur de ce couloir. Dans l'aile est du château – car c'en est un – il y a un salon de musique où ne filtre aucune lumière naturelle, mais qu'illumine une fresque originale de Raoul Dufy, et qui est destiné à recevoir de petits récitals. Une cinquantaine de chaises ont été installées en face d'une estrade sur laquelle trône un piano à queue. La plupart du temps, ce sont plutôt des rencontres ou des conférences qui s'y donnent, ces moments d'échanges intergénérationnels proposés par la structure administrative à ses pensionnaires, afin de continuer à meubler leurs existences à défaut de réellement les remplir. Pendant ces rencontres, il n'est pas rare de voir un tas de têtes tombées sur les épaules qui les soutiennent, et si l'on s'approche, on observe sur les visages aux yeux fermés de larges béances d'où s'échappe le son tranquille ou ronflant de leur somnolence. Sur l'estrade, le conférencier venu faire l'éloge du « Jeu d'acteur, cette vie rêvée », ou encore s'interroger sur « Artiste ou artisan ? Les matériaux de l'art contemporain » – bref, des thèmes minutieusement choisis pour leur caractère passionnant – s'endort à son tour, ou profite de cette sieste inopinée pour se limer un ongle, tweeter son ennui sur les réseaux sociaux, ou rêver. Ce qui n'est pas toujours dissemblable. Le salon de musique ouvre sur un espace qu'on appelle « le café ». C'est un hall de passage pourvu d'un bar, où résidents et visiteurs peuvent commander à boire – principalement un thé – ou à manger – principalement un biscuit. Sec, de préférence. Dans ce café se trouvent les ascenseurs menant à la salle à manger. Là, sur le seuil des cages métalliques, l'odeur de cantine vous saisit à la gorge et vous sclérose, et l'on comprend alors pourquoi les résidents, au fil des jours, perdent le goût de vivre.

Tout à fait à l'opposé de cet espace social, l'aile est se compose d'une grande salle de réception qui reste toujours vide, d'un couloir sombre distribuant les chambres du rez-de-chaussée, ainsi que, tout au bout, d'un salon de coiffure ouvert « tous les jeudis de dix heures à midi, sur rendez-vous », comme l'indique très modestement – quoique avec beaucoup d'honnêteté – une plaque métallique accrochée sur la porte. Entre le couloir sombre et le salon d'accueil se trouve, presque clandestine, une minuscule pièce inondée de lumière, qui vole au parc sa vue splendide. Un unique fauteuil et un piano droit meublent la pièce. C'est le bureau de Thérèse Deligny, une vieille pianiste énergique à la voix de crécelle et aux doigts tordus d'arthrose, qui maquille outrageusement ses yeux d'un bleu curaçao. Plus bas, ses lèvres, sillonnées de ridules verticales, ne parviennent pas à retenir le rouge qu'elle y applique généreusement, si bien que le baume migre vers le nez et le menton en de petites effilochures poignantes. Les cheveux, couleur acajou, mais dont les teintures ratées depuis de nombreuses années échouent à masquer le triomphe du temps, tombent gras, raréfiés bien qu'encore longs, sur un cou disparu qui maintient pour toujours les épaules en hauteur, conférant à leur propriétaire, lorsqu'elle se met à jouer, une certaine ressemblance avec Petrucciani.

— Elle massacre Chopin.

Cinglant comme à son habitude, mon père ne peut s'empêcher cependant d'assister aux longues heures d'entraînement de Thérèse qui écrase sur le clavier *Nocturnes* de Chopin et *Partitas* de Bach en une pâte homogène dont on ressort avec une indigestion. Il ne peut s'en empêcher car Thérèse possède une qualité qui la lui fait tenir en haute estime :

— Elle est une descendante de Louis XIV. Ou de Louis XVI. Un Capulet en tout cas. Ou un Capet. À moins que ce ne soit un Bourbon ? Enfin de qui que ce soit…

De qui que ce soit, cette descendance constitue un privilège précieux aux yeux de mon père, qui aime les rois et les royaumes.

Une certaine quiétude règne dans cette demeure de mort. Devant elle, le parc, immense et vallonné, se déploie à travers arbres et statues en un assemblage de verts, de gris et de fleurs multicolores, pour aboutir en contrebas à – que l'on devine sans la voir – l'autoroute A4.

— Entre, ma minouche, me dit-il quand je m'apprête à passer la porte. Et referme derrière toi.

Il est allongé sur son lit avec ses chaussures, visiblement plongé dans de riches pensées intérieures – sa spécialité, comme la suite ne va pas tarder à le démontrer.

— Tu m'as apporté ce que je t'ai demandé ? ajoute-t-il en se redressant.

Je réponds que non, je ne possède hélas pas de gros sacs de toile de marin. J'attends qu'il me réprimande, mais pas du tout. Il est déjà passé à l'étape supérieure, et se met maintenant à me détailler son plan d'évasion sur un ton de ministre.

— Voilà. C'est très simple, je ne resterai pas ici. Cet endroit n'a strictement aucun intérêt. Je pense que tu t'en es rendu compte. Donc ça ne m'intéresse pas. Ici, je suis une coquille vide, je ne peux rien faire. Et il faut bien comprendre qu'ici, il y a de très vieilles personnes. Très vieilles. À côté d'elles, moi, je suis extraordinairement valide. Aïe ! Ah la vache !

Un faux mouvement interrompt sa démonstration, il saisit son épaule droite avec sa main gauche en grimaçant, puis reprend sans se troubler.

— Ma tendinite. Où en étais-je ?

— Tu veux partir d'ici.

— Ah oui. Voilà. Alors je veux retourner chez moi. À Paris naturellement. Rue… Rue… enfin Rue Machin-Chouette. Bien. Alors évidemment, à mon âge, il me faut une aide. Idéalement, quelqu'un pour ma toilette et quelqu'un pour mes repas. Parfait. Il me faut donc de l'argent. J'ai téléphoné à ma banque, il paraît qu'il n'y a plus rien sur mon compte. Bien. Alors j'ai eu une idée, ce sont les Japonais.

— Les Japonais ?

Depuis que je suis enfant, mon père ne cesse d'élaborer des stratégies toutes plus fumeuses les unes que les autres, dans le but de vendre sa peinture. C'est fascinant cette foi toujours renouvelée, cet espoir jamais tari de concrétiser une vente juteuse qui le mettrait à l'abri du besoin pour le restant de ses jours – même si ce restant sera assez modeste désormais. Parfois, comme lorsqu'il formule son désir d'aller à Marseille, l'espoir suffit, il nourrit le projet fou, le fait advenir. Il a l'espoir performatif.

Marseille, il y est né. Il a toujours manifesté une joie d'enfant à l'évocation de sa ville. Son nom contient la mer, le soleil, et sa liberté. C'est là que sous l'Occupation il a peint *Le Crépuscule*, son chef-d'œuvre. Depuis, Marseille est devenue sa zone libre et restera pour toujours cette entaille bénie dans une monstrueuse nuit de bombes. La ville a fondé un homme capable d'escroquer la mort.

Quels qu'aient été l'époque de sa vie, le destinataire fantasmé, ou la forme même du processus, tous ses coups fumants ont eu pour but secret de trouver un richissime acheteur pour *Le Crépuscule*.

Il y a eu dans le passé, entre autres, la Fondation Maeght, la Banque Rotschild, Bill Gates, mais aussi une bande de Russes totalement obscurs qui l'avaient fait venir à Moscou avec trente tableaux qu'ils n'ont jamais payés et dont mon père ne retrouva jamais la trace ; il y a eu jusqu'à la reine d'Angleterre, à qui il avait envoyé comme aux autres une photo du tableau sacré accompagnée d'une lettre manuscrite, lapidaire, proposant d'acquérir ladite toile pour une somme considérable. « Majesté, vous conviendrez avec moi que cette toile vaut tous les chefs-d'œuvre de votre collection particulière. Je vous la cède volontiers pour un million de dollars. » La lettre était restée sans réponse. Ce qui ne l'avait d'ailleurs pas plus découragé que sa douleur à l'épaule, à l'instant. Et maintenant, les Japonais.

— Les Japonais, oui. Les Japonais, comme tu sais, ont beaucoup d'argent.

— Ah bon ?

— Naturellement. Mais ce qu'ils ont surtout, c'est qu'ils se foutent absolument de la loi du marché. La cote, si tu préfères.

Ça y est, on est en plein conseil de guerre.

— Ah oui ?

— Absolument. Les Japonais n'achètent pas de la peinture dans le but de faire une plus-value, ça ne les intéresse pas du tout. Non, ils veulent garder. Ils aiment véritablement les œuvres et ils veulent les garder. Et ça, c'est formidable.

Je n'ai jamais bien compris d'où mon père tenait ces sortes de savoirs anthropologiques à propos des uns et des autres. Une intuition très sûre le caractérise, certes, mais est-ce suffisant pour affirmer que les Japonais investissent dans des œuvres par amour de l'art, voire, par amour du prochain, et peut-être même par amour pour mon père ?

— Et donc ? dis-je.

— Eh bien, il leur suffit d'aimer.

— Parce qu'ils aimeront, ils paieront des milliards ?

— Je le suppose. C'est en tout cas mon pari. Qu'est-ce que tu en penses ?

La vérité est qu'il ne peut pas concevoir que sa peinture ne soit pas reconnue à proportion de la foi qu'il engage dans son travail. Or quel prix peut-on donner à une chose que l'on aime, si ce n'est le même que celui par lequel le cœur l'approuve et qui est par nature inestimable ? Au fond, je me suis toujours demandé si le fait de se séparer d'un tableau (à plus forte raison du *Crépuscule*) ne lui coûtait pas affectivement si cher qu'il se mettait en mesure de saborder ses propres plans, en imaginant des stratagèmes complètement foireux et déconnectés des réalités du marché afin que la vente convoitée ne puisse jamais advenir. Du coup fumant au coup fumeux, on n'est jamais très loin. Les peintres ont-ils tous de la difficulté à se séparer de leurs œuvres ? Mon père aurait-il dû lui aussi *savoir se vendre* ? Les êtres humains ne sont pourtant pas des valeurs marchandes. Ou peut-être que si ?

Mon père me fixe de ses yeux ronds et hypnotiques, la tête légèrement inclinée sur le côté, comme on le fait quand on attend avec ardeur la réponse de son interlocuteur. Je n'avais jamais remarqué qu'il ressemblait à un opossum.

— Pardon… Quoi ? Tu m'as dit quoi ?

— Qu'est-ce que tu en penses ?

— De ?

— Des Japonais.

— Ah ! Les Japonais. Je pense que c'est une très bonne idée. Ça vaut le coup.

— Oui. C'est aussi mon avis. Parce que tu comprends, les Japonais…

Cette fois je n'écoute plus les paroles. Juste la musique de sa chanson, qu'il poursuit comme pour lui-même. Sa voix est restée aussi intacte que ses rêves.

La visite prend fin. Je quitte mon père au son du piano que Thérèse, confinée dans son petit salon, offre au monde. Je m'apprête à sortir de la chambre quand mon père me fait distraitement une ultime recommandation, tout en initiant un minutieux décrottage de son nez.

— Ferme bien derrière toi, ma minouchette, sinon la vieille toquée va venir me persécuter.

— Qui est la vieille toquée ?

— Je ne peux pas te dire. C'est une vieille toquée qui veut toujours entrer dans ma chambre. Elle me persécute. C'est vrai que je suis encore assez beau, mais ça ne m'intéresse pas. Comme dans la fable.

— La fable ?

— « Maître Corbeau, commence-t-il avec emphase, tenait en son bec, un fromage.

« Maître Renard… »

— Ah ! la fable… dis-je en comprenant soudain le sens de l'allusion sans toutefois en saisir la pertinence.

— « lui tint à peu près ce langage. Hé ! Bonjour monsieur du Corbeau, que vous êtes joli, que vous me semblez beau ! »

— Oui oui je conn… !

— « Sans mentir, reprend-il à mon adresse, si votre ramage se rapporte à votre plumage, vous êtes le phénix des hôtes de ces bois. »

— Oui, j'avais comp…

— « À ces mots, le corbeau ne se sent pas de joie, et pour montrer sa beeeelle voix,

« Il ouvre un laaaarge bec, laisse tomber sa proie. »

— Hum…

— « Le Renard s'en saisit et dit : “Mon bon monsieur, apprenez que tout flatteur vit aux dépens de celui qui l'écoute. Cette leçon vaut bien un fromage sans doute.” »

Rien n'arrête plus sa voix de stentor. Pour un peu il se mettrait debout sur son lit et se parerait d'une cape et d'une épée, pour lui faire comprendre, à ce corbeau narcissique, qu'on ne gagne rien à vénérer sa propre image.

— « Le corbeau, honteux et confus, jura, mais un peu tard, qu'on ne l'y prendrait plus. »

Et hop, il catapulte une petite boulette molle sur le sol.

— Voilà, conclut-il. Ce qui signifie en gros qu'il continuera à être le connard qu'il n'a jamais cessé d'être. Dit comme ça, c'est ça que ça veut dire.

— Hum. Mais quel rapport avec la vieille toquée ? dis-je, pas tout à fait certaine de ne pas avoir basculé dans un cauchemar.

— La vieille toquée ? C'est qui ça ?

Une chose que je n'ai pas dite à propos de mon père : il est complètement érotomane. Érotomane, et – ou peut-être devrais-je dire : mais – atteint d'Alzheimer.

Je sors de la chambre et m'immobilise un moment dans le couloir pour écouter Thérèse, concentrée sur la 6e Partita. Ma préférée avec la 2e. Je m'approche tout doucement du petit salon. Thérèse plaque solennellement les arpèges de la *Toccata*, qui vous donnent immédiatement l'impression que quelqu'un vous explique avec beaucoup de sérieux une chose très grave et très complexe, comme par exemple le monde. De temps en temps une ou deux notes apportent une lumière particulière, un éclairage réconfortant, mais enfin, globalement, l'ensemble s'impose assez bien comme caverne. J'observe Thérèse, toute petite à son piano, et en voyant son cou rentré et ses épaules en hauteur, je me dis qu'il existe probablement un moment dans l'existence où l'on est certain d'en être sorti. De la caverne, j'entends.

« Un jour passé – pas de nouvelle ;
Un autre – et toujours rien de rien
Tania attend. Mais rien ne vient »

Chapitre 3

Après avoir haï jusqu'à l'angoisse le dimanche – parce qu'il désigne dans une conciliation impossible la fin et le début – je me suis mise à aimer ce jour avec la tendresse résignée qui nous fait apprivoiser, dans certaines circonstances, l'idée de la lutte perdue.

Je me lève, vais chercher du café à la cuisine et me poste à la fenêtre pour observer la rue. J'ai toujours adoré ce spectacle. J'habite un petit appartement au pied de la butte Montmartre, au cinquième étage sans ascenseur. Quand j'épie les gens depuis chez moi, il me faut rectifier la perspective pour ne pas saisir qu'un amas de têtes. Je dois regarder plus loin dans la rue pour contempler un tableau entier, ce qui a pour effet de ralentir le rythme de la scène. Quelques personnes marchent avec indifférence, certaines traînant leurs cabas garnis de courses, d'autres simplement vêtues d'un jogging et de baskets, tenant dans la main un journal, un sac en papier rempli de croissants, ou un enfant absorbé par sa vie intérieure. On se croirait dans un tableau de Balthus. Sirotant à petites gorgées mon café brûlant, j'essaye d'imaginer la vie de ces gens. Lesquels d'entre eux sont-ils comme moi devenus des ombres ? Certainement pas Betsy, que je vois brusquement fendre le bitume sur une trottinette à la vitesse de l'éclair. C'est une petite fille que je croise régulièrement dans le quartier. La première fois c'était sur le chemin de son école. Elle s'avançait vers moi de ce pas qui consiste en un rebond alterné sur un pied puis sur l'autre, et qui, à chaque personne qui l'a expérimenté, donne l'impression magique d'aller soudain plus vite et plus haut sans produire d'autre effort que ludique, chaque enjambée appelant la suivante dans un mouvement que rien n'arrête. Comme si se déplacer ne suffisait pas, comme s'il fallait, en plus, que ce soit un jeu. En la voyant avancer de ce petit pas de géante, je m'étais fait le constat qu'on ne voyait jamais d'adulte se propulser ainsi dans les airs comme le faisait Betsy. Aucun adulte dans les rues ou dans les couloirs du métro ne se sert de cette extraordinaire ressource du corps pour se déplacer. Il y aurait bien quelque chose d'un peu grotesque à le faire mais pas plus que dans la posture de suricate dont la trottinette ou l'hoverboard nous affublent. Pourquoi se priver d'une telle sensation d'apesanteur ? Ce mystère m'avait emplie de perplexité et à mesure que je voyais Betsy s'avancer j'en avais conclu que chez les adultes c'est l'idée même du jeu qui a cessé. Les adultes ne jouent plus. J'en avais eu un pincement au cœur, sentant peut-être souterrainement que cette démission devrait bientôt me concerner – jouer la comédie m'était devenu difficile. Arrivée à sa hauteur, je m'étais rendu compte que Betsy chantait cette chanson que j'adore de Ray Ventura – car elle illustre bien comment la tragédie prend parfois l'allure d'une farce –, « Tout va très bien, madame la marquise ». Se plantant en face de moi, elle avait entonné le couplet : « Allô allô James ! Quelles nouvelles ? Que trouverai-je à mon retour ? » La question méritait d'être posée. Mais un retour était-il seulement possible ? La regardant s'éloigner, j'avais remarqué qu'un drôle de sticker ornait son cartable : « Kiss me », proposait-il. J'avais continué ma route.

Je regarde Betsy disparaître sur sa petite fusée terrestre et m'éloigne de la fenêtre. Mon père est-il en train de devenir une ombre ? C'est la question qui me vient tandis que je me ressers un peu de café. Lui comme moi vivons dans cette saison intermédiaire, celle de l'oubli.

Je retourne dans mon lit, et roule mon corps en tas, la posture que j'ai récemment adoptée dans l'existence. Le tas. En boule sur le matelas, je me sens pareille à une petite motte que rien ne bouscule et dont rien ne résulte. Un tas qu'il serait possible de trouver à une place ou une autre, indifféremment. Pas mort. Ou pas complètement. Mais dépourvu de contours comme de direction, cette volonté qui m'a quittée. Longtemps j'ai été un petit soldat. J'ai vécu dans une frénésie de travail qui n'était ponctuée d'aucun silence, d'aucune virgule, d'aucun temps mort. Et me voilà, à 35 ans mais sans âge, stagnant dans le ressac de ma propre existence, où par moments je crains de faire naufrage. Les luttes que j'ai menées ne m'ont conduite nulle part. Sauf à me dire de façon assez vertigineuse que je n'ai jusqu'ici vécu que pour continuer à vivre.

Bercée par le murmure de mon appartement, je me rendors. J'ai toujours rêvé. Enfant je passais de longues heures à imaginer une jeune femme aimée de loin, pleine de mystère, et qui prenait des poses alanguies en observant le monde avec la retenue amusée de celle qui connaît ses avantages. La jeune femme ne se mêlait jamais aux autres, la distance avec le reste du monde la maintenait dans cette image chérie, le regard dans le vague, baissé pour moitié vers le sol, un demi-sourire sur les lèvres témoignant d'une vie intérieure si riche qu'aucun mot ne pouvait mieux la traduire que l'étrangeté de son attitude. Cette vision m'accompagnait partout et à chaque seconde. Le jour, la nuit, en classe, à table, la marquise était dans mes pensées. Je n'entendais plus ma mère qui me demandait de me dépêcher le matin, j'ignorais les questions de la maîtresse sur un problème de conjugaison, on me disait rêveuse. D'autres jugeaient que j'étais particulière, que j'avais quelque chose. Certains encore, comme Junior, mon voisin du dessous, m'appelaient simplement la snob. « Ça va la snob ? » disait-il quand il passait dans la cour de l'immeuble où j'étais en train de rêver. Ça ne me blessait pas, je n'étais pas snob. Simplement je me sentais à part. La jeune femme de mes visions, c'était celle que je voulais être, l'élue, qui flottait au-dessus des autres. Et je m'étonnais que ces autres puissent penser que j'éprouve à leur encontre du dédain quand ils prenaient au contraire place dans mes jeux imaginaires comme les garants d'un monde rêvé que j'avais construit, et où j'occupais une place élective. Cette marquise de mes pensées veille toujours sur ma vie intérieure à la façon d'une narratrice dont j'attends depuis qu'elle me dise quoi faire et où aller.

Le soleil me réveille en chauffant mon visage. Je reste un moment à adorer cette sensation, comme ces chats qui restent des heures immobiles au soleil et ne concèdent qu'un seul mouvement : celui qui leur permet de suivre sa course indolente. Enfin le petit tas que je suis se lève. Après m'être dissoute un moment dans un bain chaud plein de mousse, j'échoue paresseusement dans la cuisine, où je me prépare un œuf à la coque et des mouillettes. Puis je décide de consulter mes mails.

Au milieu de nombreux spams, l'un d'eux provient de mon agent. Une chose que je n'ai pas dite à propos de moi : je suis actrice. Pendant des années, lorsqu'on me demandait quel était mon métier dans la vie, je ne parvenais à dire ni actrice, ni comédienne. Longtemps j'ai répondu de manière très évasive que « je jouais la comédie », sans bien savoir si c'était un métier ou une attitude.

« Regarde et dis-moi si dispo pour tournage les 7, 9, 16 et 23 avril. Casting prévu demain ou mardi. Ci-joint le texte à apprendre. Xxx » Il s'agit non pas d'*un texte* mais de quatre scènes à apprendre. Ses messages ne s'encombrent jamais de tellement de politesse, ni de savoir si je vais bien – si par hasard je ne suis pas morte par exemple ou, à défaut, devenue un petit tas – ou tout simplement si le projet m'intéresse. Je relis les jours du tournage, constate sans surprise ni regret que deux d'entre eux coïncident avec ma tournée des *Heures sombres du chameau volant* – pièce inconnue au répertoire mais dont les critiques ont unanimement jugé « qu'elle interrogeait le monde contemporain avec beaucoup d'acuité » – et réponds à la hâte que ce ne sera pas possible.

Puis j'entame une petite visite des réseaux sociaux. Il n'y a rien de plus angoissant que cette expansion à l'infini, surtout pour moi, qui ai toujours appréhendé le monde comme une forme à apprivoiser. J'avais pris conscience de ça vers 5 ou 6 ans, un jour que je faisais un puzzle avec ma mère. Je peinais à trouver la bonne pièce pour un certain emplacement, et elle s'échauffait discrètement à mes côtés en voyant que je testais systématiquement des pièces qui n'étaient pas adaptées puisqu'elles contenaient un bord, alors que l'emplacement se situait au centre. Tout à coup prise d'agacement – ou de panique à l'idée que son enfant était peut-être demeurée –, elle a saisi une pièce parmi celles qui pouvaient rentrer et me l'a tendue avec force : « C'est ce genre de formes là que tu dois essayer ! » J'ai pris la pièce, l'ai observée, puis j'ai répondu d'un ton d'évidence : « Ah ! les éléphants ? » Et en effet, ces pièces-là avaient une forme d'éléphant – assez sommaire j'en conviens.

J'ai toujours eu l'impression que les choses contenaient un sens caché, une énigme qu'il fallait percer.

Internet a été un outil providentiel dans mon existence. Le monde réel, tangible étant incompréhensible (puisque j'y voyais partout des éléphants), j'ai pensé que je trouverais toutes les réponses aux questions que je me posais dans ce territoire virtuel et mystérieux qui s'était ouvert. Très vite, j'ai pris l'habitude de taper des mots clés de façon compulsive dans Google. Tout dans ma vie était susceptible de me conduire à la barre de recherche et il me semblait que c'était toute ma vie, son sens, que j'allais y déceler. Cette quête sans fin ni objet m'a peu à peu donné le sentiment que je m'étais dissoute dans une masse virtuelle. J'ai parfois l'étrange impression qu'Internet m'a remplacée.

Quand les réseaux sociaux sont apparus, j'ai espéré trouver une issue concrète à ce sentiment. J'allais me mettre en scène devant le monde entier et le monde entier pourrait enfin constater ma singularité. Hélas, j'ai très vite été saisie d'un ennui vertigineux. J'ai cette fois eu l'impression de devenir un yaourt dans un hypermarché, à devoir me vendre. L'acheteur, face à une masse aussi vaine qu'insipide, voit immédiatement son jugement entravé, la vente échoue.

Je passe pourtant des heures dans cette caverne, à m'extasier sur les uns ou les autres que je ne connais pas, à l'instar de cet incroyable youtubeur que je prends un plaisir inexplicable à regarder jouer à Animal Crossing – ce jeu qui reproduit à l'infini le modèle de société dans lequel on vit. Je n'ai jamais pu dire qui était le plus fou des deux. Lui qui s'imagine en concombre de mer devant des millions de gens, ou moi qui le regarde. Au moins, lui, il est devenu la nouvelle coqueluche du cinéma d'auteur, les producteurs ayant compris que le nombre de ses abonnés présageait du nombre d'entrées en salle.

Je n'ai jamais su me vendre. Pas plus que m'inventer une vie. J'aimerais bien jouer cette comédie moi aussi, mais quelque chose résiste. Les autres en revanche m'apparaissent toujours flamboyants. Leurs joies, leurs peines, leurs outrages, sont partagés avec une telle évidence, le nombre de leurs followers semble croître à l'échelle si bien ficelée de leur récit qu'il m'est impossible de ne pas croire à l'invention de leur réussite. En comparaison de cette vie fièrement brandie, j'ai le sentiment que je ne vis rien, ni bonheur ni blessure, rien qui me scandalise ou m'amuse. Je suis fade. Derrière mes écrans, je n'ai plus ni corps ni discernement, et par conséquent rien à dire non plus. Quand j'ajoute un « j'aime », ce n'est pas par conviction, mais plutôt parce que ne pas le faire me donne le sentiment d'être plus creuse encore. Je *like* pour exister, pour ne pas signer ma complète disparition.

Je m'étais crue spéciale, les réseaux virtuels m'ont appris que je n'étais pas plus spéciale que tous les autres qui sentent en eux une identique particularité et ne voient en moi qu'une autre parmi les autres.

Je m'apprête à refermer mon ordinateur lorsqu'un nouveau mail m'arrive. Le petit tas que je suis frémit légèrement lorsque je lis le nom de son expéditrice, Victoire. Il y a un mois que je ne l'ai pas vue. La dernière fois, c'est quand elle est venue à la dernière représentation d'une pièce dans laquelle je jouais et que la production, faute de public, avait dû arrêter. « Mais quel gâchis ! » avait-elle dit. Avant d'ajouter : « Il faut qu'on te trouve un rôle à ta mesure. »

« Ils ignoraient la soif du sang ;
Ils partageaient monts et merveilles,
Riaient, heureux, reconnaissants. »
Chapitre 6

D'un coup de hanche elle avait ouvert la porte coupe-feu de la salle où se tenait le cours. Ce jour-là sur le plateau, deux élèves jouaient une scène. Koltès, je crois. Le silence s'était brisé à son entrée, tout le monde s'était retourné, et j'avais découvert sa silhouette mince, aux cheveux aussi blonds et emmêlés que les miens étaient bruns et lisses, aux yeux aussi verts que je les avais noirs. « Désolée », avait-elle dit sans sembler l'être. Victoire avait les bras encombrés de tout un tas d'affaires, un sac, un chapeau, des clés, un téléphone, un gobelet en plastique au-dessus duquel planait un petit nuage de fumée. Elle semblait en transit, débarquée là par hasard, entre une destination et une autre. Un genre de papillon.

Elle a balayé la salle d'un regard périscopique et précis. Elle s'est faufilée entre les rangs. « Je peux ? » a-t-elle chuchoté en s'approchant de moi. J'ai acquiescé, elle s'est assise à mes côtés. Dans la pénombre, son visage semblait perdu. Elle m'a immédiatement rappelé la couverture du Poche de *Jane Eyre* qui était chez mon père. On y voyait une jeune femme, silhouette maigre et flottante dans le vent, rendue triste par le fichu et la cape qui la couvraient. Je m'étais moi-même toujours identifiée à cette image, et sans doute par une association sonore dont j'étais assez spécialiste, la Jane Eyre du Poche s'était peu à peu transformée dans mon esprit en « pauvre hère », une expression qui me venait depuis naturellement quand je devais penser à qui j'étais. Un pauvre hère qui se rêvait marquise.

Pendant le cours, Victoire ne cessait d'émettre de petits soupirs et d'écarquiller les yeux, comme on le fait devant une chose absolument consternante. Le reste de son corps semblait bandé, tendu, mais non de nervosité. Plutôt par une sorte d'effervescence, d'envie, une impatience que sa posture de spectatrice lui rendait scandaleusement intolérable. À tout moment, je me disais, ça y est, elle va se lever, elle va monter sur scène et elle va dire quelque chose aux acteurs. Quelle audace ! Quelle confiance en soi ! Je l'ai immédiatement admirée. Je la regardais du coin de l'œil, fascinée. C'est alors qu'elle a tourné son visage vers moi et m'a souri : « Ça m'énerve, je pourrais tellement mieux les diriger ! » Puis, non sans fierté devant mon incompréhension : « Je veux pas jouer la comédie, moi, je veux diriger. » Un petit patron.

En sortant du théâtre ce jour-là, j'ai remarqué qu'elle roulait des fesses de façon totalement décomplexée. Il faut imaginer une silhouette frêle ajustée dans une jupe noire et longue froissée par endroits et un tee-shirt blanc, fluide, taché, trop large, laissant apercevoir des clavicules saillantes, le tout posé sur des ballerines rose pâle et couronné d'un chapeau en feutre, noir aussi, qui lui donnait un air de gangster. Elle se trouvait dans cet endroit du style qui échappe à son propriétaire : où rien n'est étudié mais où l'ensemble en jette. Cendrillon en haillons, les cheveux blonds tout emmêlés et roulant les fesses avec beaucoup de décontraction. C'était ça, Victoire. Un petit souillon qui roulait des fesses.

Au fil des mercredis, on est devenues des inséparables, ces oiseaux qui ne se quittent jamais et piaillent à l'unisson dans une posture parallèle. On sortait partout ensemble, on dormait l'une chez l'autre, on se racontait tout, nos envies, nos amours, nos ambitions secrètes.

On parlait sans cesse, émerveillées que le langage de l'autre nous soit si familier, que ses raisonnements, ses pensées ou ses mots s'accordent avec exactitude à notre propre cerveau. On analysait pendant des heures les autres, leurs travers, conscientes que cette observation avait pour but de nous absoudre de nos propres faiblesses. Leur boue était notre purification. Nos conversations étaient un trésor dont chacune prospérait ensuite avec sa part du butin. On ne finissait pas de s'enrichir. Parfois on ne parlait pas. Nos silences étaient le sacre de notre complicité. Le lien était si fort qu'il résistait au vide. On ne feint pas l'entente des âmes.

J'aimais Victoire pour sa liberté. Chez elle, c'était une curieuse combinaison de perspicacité et de ce que d'autres jugeaient à tort comme du mépris. J'y voyais, moi, une franchise louable et cette clairvoyance particulière dont je me sentais faite aussi. Victoire ne s'encombrait pas de louvoiements, de circonlocutions. Chez elle, point de *chichis*, comme aurait dit mon père – lequel passait sa vie à traquer dans le monde ce qu'il considérait comme superflu : les apéros, les deuxièmes prénoms, les formules toutes faites. (Dans la vie quotidienne, il aurait pu abattre sur-le-champ un commerçant qui lui disait, après lui avoir fourni la provision demandée : « Et avec ceci ? » ou « Ce sera tout ? », l'une et l'autre expression lui semblant non pas prolonger un échange réel, mais tout droit sortir du vaste corpus théorique des échanges commerciaux. Avec les années, et parce qu'il n'avait pas d'autre choix que de supporter ces chichis, notamment ceux des commerçants de la rue des Martyrs qui semblaient s'être tous passé le mot pour lui pourrir l'existence, il avait vaguement réussi à ravaler la haine que lui inspiraient ces personnages. Il n'en disait rien, mais on lisait bien dans ses yeux l'agacement profond qu'ils suscitaient chez lui.)

Victoire était une sœur idéale, ma sœur choisie, débarrassée des enjeux d'une vraie fratrie, cet étouffement mutuel primordial capable de vous faire haïr autant qu'aimer un frère, une sœur, précisément parce qu'à leurs côtés vous stagnez dans le ressac d'une existence imposée, immuable, l'enfance indépassable.

En vacances dans le Perche, un été, on prenait le soleil dans un champ. J'observais le ciel, où des formes blanches se faisaient et se défaisaient, au gré de mouvements aléatoires qui ne semblaient en rien entamer leur puissance. Des nuages paisibles – si tant est qu'on puisse parler de sérénité pour des nuages.

— Est-ce qu'on va y arriver ? avais-je dit soudain.

— Arriver où ?

— Tu crois qu'on va réussir ?

— Réussir ? avait-elle répondu en laissant résonner le mot d'une façon étrange. Parce que toi tu crois qu'on commence comme acteur de la même manière qu'un type dans une entreprise ? On monte de poste en poste et hop, un beau jour, on finit par la diriger ? Vous dépendez tellement du désir des autres !

Sa remarque m'avait blessée. Victoire avait un temps d'avance sur moi.

— Ton père, reprit-elle. Tu dirais qu'il a réussi ?

— C'est absurde comme comparaison ! Mon père est peintre ! Il n'a pas besoin de public pour peindre !

— Mais d'acheteurs pour vivre, si.

Je repensais à mon père. Ses rêves absurdes. Les châteaux qu'il projetait d'acquérir, chaque jour un nouveau, jusqu'à les visiter, jusqu'à en dessiner les plans de réaménagement. « Ici, ce sera ta chambre, là la mienne. C'est pas bath ça ? » Les acheteurs qui venaient à l'atelier, qu'il recevait en grande pompe, mais qui repartaient systématiquement les mains vides. Et puis les huissiers, qui après l'avoir harcelé, de lettres recommandées en sommations, finissaient par débarquer et dont mon père et moi, planqués dans la véranda et le souffle coupé, guettions l'éloignement des pas derrière la porte d'entrée.

Victoire s'était laissée tomber en arrière, avait croisé les bras derrière sa nuque, faisant apparaître, sous ses aisselles, une touffe de poils blonds qui me l'avaient rendue immédiatement plus humaine. Puis elle s'était redressée et m'avait dit avec ce sérieux plein de gravité qu'ont les enfants :

— Regarde-moi. Toi, t'es géniale. Y a pas beaucoup d'actrices dans ta génération qui soient comme toi, drôle, gracieuse et puissante. Et puis t'es bien foutue et tu peux être super moche. C'est une force !

Je ne m'étais jamais vécue comme moche, mais j'avais accueilli cette particularité avec fierté parce qu'elle m'évinçait d'emblée de la catégorie des actrices-objets et semblait me garantir un surcroît d'intérêt : on m'aimerait pour ce que j'étais, non pour ce que je paraîtrais. Les paroles de Victoire s'étaient diffusées dans mes veines comme un élixir de confiance. Je m'étais mise à croire en moi. À croire, tout court, que tout pouvait m'arriver. Ses mots délogeaient le pauvre hère et faisaient naître le personnage d'exception que j'avais toujours rêvé d'être. Je regardais mes jambes et je les voyais comme je ne les avais jamais vues. Mes bras. Ma peau. Mon nez de boxeur. Mes mains musclées et trapues. Tout mon corps m'apparaissait nouveau : une enveloppe de guerrière prête à partir au combat. Victoire avait fermé les yeux puis, dans un soupir comblé de ses propres certitudes, s'était absorbée dans le silence qu'un chant d'oiseau trouait par instants. J'aurais voulu que ce moment dure toujours. Puis elle s'était rallongée, avait attrapé un brin d'herbe et s'était mise à le mâchonner, poursuivant son discours comme une sentence programmatique.

— Il n'y a qu'une chose à faire : travailler. Accepter tous les projets. Une expérience en amène toujours une autre, puis une autre, puis encore une autre. Et il suffit d'une bonne configuration, une fois, tu m'entends, une seule fois, entre un metteur en scène, un rôle et un moment de ton parcours, pour que l'un d'eux te voie telle que tu es. Alors il saura. Il comprendra. Et là, ma vieille, je peux te dire que tu partiras en putain d'orbite !

Puis elle s'était mise à rire. Elle paraissait ivre, mais de quoi était faite son ivresse, c'était un mystère. Elle s'était jetée dans l'herbe et avait roulé sur le dos comme un petit animal, jambes en l'air, tentant une chandelle sans y parvenir. Au bout d'un temps, elle avait pris ma main dans la sienne et l'avait pressée tendrement contre ses lèvres.

— C'est trop dur ce métier. Mais à deux, on y arrivera. Et on aura le soleil éternel.

J'avais repensé à ce jour où, vers 9 ans, ma mère m'avait emmenée au planétarium du palais de la Découverte. Un spécialiste nous avait expliqué le big bang, la formation de l'univers, l'extinction future du Soleil. J'en étais ressortie accablée. Le Soleil allait disparaître. Des ténèbres venaient de me tomber dessus et une question, unique, insoutenable, était venue frapper à la porte de ma conscience : pourquoi quelque chose plutôt que rien ? Quel était le sens de tout cela, puisque le Soleil allait disparaître ? Mais désormais, Victoire allait tout rétablir, elle allait ressusciter le Soleil et le rendre éternel. Je m'étais allongée sur sa poitrine. Et bercée par les battements de son cœur, je m'étais endormie sous les rayons.

Toutes les premières années de notre vie professionnelle, on les a construites ensemble, côte à côte, soudées comme une forteresse contre un monde dont nous devinions les difficultés, les injustices, la rudesse des cœurs, et dont la principale cruauté était de ne pas nécessairement récompenser les meilleurs. Je me foutais de jouer dans des petites salles, de monter les projets sans argent, je me sentais forte à ses côtés car j'étais deux. Indestructible. Sa compagnie roulait à la façon d'un artisanat, les critiques étaient bonnes mais bien en deçà de l'ardeur qu'on avait mise dans notre travail. Ça ne nous décourageait pas, on y voyait au contraire le signe que nous étions à part, faites de cette précieuse rareté qui ne se découvre que sur le tard.

Les années avaient passé. On était sur le tard. J'attendais toujours.

« Et, de nouveau, un flot d'images
Et, de nouveau, le cœur en rage,
Les rêves rôdent sans repos
L'amour, le manque, de nouveau !... »
Chapitre 1

Dans son mail, Victoire me propose de façon un peu évasive de travailler sur son nouveau projet. « Autour d'*Eugène Onéguine*. Un truc de dingue. Dans un théâtre de malade. Faut qu'on se voie, je peux pas t'expliquer par mail » + émoticône d'une danseuse flamenca.

Ça ne ressemble pas du tout à Victoire de s'attaquer à la littérature russe. Je me demande bien ce qui la pousse vers ce choix, mais c'est un choix qui me plaît d'emblée. Il y a quelque chose d'exaltant dans la littérature russe, on devine que quelque chose de grand s'y passe, et de toute façon de plus grand que soi.

Tout en dégustant mon œuf à la coque, je fais une petite recherche sur Google.

Wikipédia

Présentation

Eugène Onéguine *est un roman en vers de Pouchkine qui raconte l'histoire d'amour manquée entre*

Eugène, un dandy désabusé, et Tatiana, une jeune fille romantique et rêveuse.

Résumé

Ayant rejeté dans sa jeunesse l'amour de la jeune fille et tué en duel son rival, Eugène retrouve Tatiana mariée, des années plus tard. Il découvre qu'il l'aime, elle l'aime aussi mais lui explique, dans une scène finale, pourquoi elle refuse de le suivre.

« Et le bonheur était si proche, si possible », chante Pouchkine.

Je vois le genre. Roman de la désillusion. Des occasions manquées. Je poursuis en scrollant avec avidité.

Le personnage de Tatiana

« Apothéose de la femme russe », selon les mots de Dostoïevski, Tatiana est le personnage qui sacrifie l'amour au devoir de l'épouse. Mais alors que chez Pouchkine sa décision semble déjà prise avant la dernière entrevue avec Eugène, la version qu'en donne Tchaïkovski dans son opéra montre une Tatiana davantage tiraillée par ce renoncement. Aussi les critiques s'accordent-ils sur un point : la question du choix de Tatiana est la question centrale de l'œuvre.

L'apport dans la littérature

À l'instar d'Emma Bovary, Antigone, Jane Eyre… Tatiana fait incontestablement partie des grands personnages de la littérature et…

personnage sacré entre tous…

apothéose

que la critique a définitivement canonisée

dans son rôle…

comme le rappelle l'excellent… etc.

Etc.

Etc.

Jane Eyre ? Je trempe ma mouillette dans mon œuf, la gobe tout entière, me lève, vais à la fenêtre et l'ouvre en grand. L'air vif et frais de février cingle mon visage et j'accueille cette bourrasque avec un bonheur inédit, comme la signature d'un vent neuf venu balayer des mois de torpeur.

Je rédige une réponse à Victoire en martelant les touches du clavier avec le même débordement qui vient de me pénétrer :

« Évidemment ! Voyons-nous vite, tu me raconteras tout ! »

Puis, après avoir dansé de joie comme une émoticône flamenca, je sors à la conquête du nouveau monde et pars m'asseoir au Soleil de la Butte, certaine que mon tour, enfin, est arrivé.

À quelques mètres de moi, j'aperçois Betsy. Elle effectue une descente heurtée sur les rampes des escaliers de la rue Maurice-Utrillo que surplombent à intervalle régulier des sortes de proéminences métalliques. Chaque fois que ses fesses rencontrent les proéminences, la voilà qui sursaute en riant aux éclats, penchant sa tête en arrière, ce qui lui donne quelques secondes l'allure d'une joueuse de rodéo américain.

Elle m'a aperçue, chuchote quelque chose à l'oreille d'un petit garçon qui se tient à ses côtés et se rue à ma rencontre.

— Ça va, Madame la marquise ? Tu sais comment on met un éléphant dans un frigo ?

— Pas du tout, mais j'admire ton art de la rupture.

— Tu ouvres le frigo, tu mets l'éléphant dedans, et tu refermes.

— Je ne suis pas sûre que mon frigo soit suffisamment grand pour ça.

Betsy me fixe un moment avant de se tourner vers son petit complice. Je vois ses épaules graciles trembloter du rire qui la traverse. Il y a de ces mystères de l'enfance. Au loin, le petit se plie en deux, hilare.

— Tu sais comment on met une girafe dans un frigo ? reprend-elle.

Évidemment les plus courtes sont les meilleures, mais c'est une chose qu'elle comprendra plus tard.

— Bien sûr. Tu ouvres la porte, tu mets la girafe dedans, et tu refermes.

— Pas du tout ! T'as oublié d'enlever l'éléphant.

Et tout en moulinant malicieusement son index contre sa tempe, elle envoie son rire dans les airs, avant de s'élancer à grandes enjambées vers le garçon.

L'enfance ne cherche rien, elle trouve. Rien ne l'aveugle. Rien ne l'arrête. Rien ne l'empêche. Et certainement pas la masse phénoménale d'un éléphant de le faire entrer dans un frigo.

« Ma biche, te souviens-tu du nom de mon dentiste ? Je crois qu'il était quelque part vers la rue Feydeau. Tu sais, Feydeau est ce type qui a… enfin je ne sais plus. Est-ce que ça n'était pas Hassin ? Tu me rappelles ? Parce que là, tu vois quand je passe ma langue sur mes dents, il n'y a plus rien. Au revoir. »

De retour chez moi, je me prépare une soupe. Et toute la nuit, je rêve que je suis Tatiana. Mais une Tatiana sans dents.

« Mais, vite ! Un autre personnage
Est impatient d'entrer en jeu »
Chapitre 6

Victoire m'a donné rendez-vous le lendemain dans un petit café du onzième arrondissement.

C'est l'un de ces jours d'hiver qui annoncent le printemps. Le soleil inonde l'asphalte. Des bourgeons déjà robustes promettent des ramures anormalement fécondes. Même les immeubles habituellement d'un gris indistinct ont retrouvé leurs nuances et la saillie de leur dessin particulier. Je déborde de cette certitude que, cette fois, je tiens à ma portée le projet qui fera basculer ma vie, et le monde autour semble me donner raison.

Il n'y a que les passants avançant à vive allure en regardant droit devant eux qui paraissent ne pas avoir perçu, à la seule assurance de ma démarche, la verticalité nouvelle de tout mon être, qu'enfin je suis parvenue à mon but rêvé. Je les hais de ne pas le remarquer, et si je pouvais leur rire au visage, envoyer mon grand rire à la face de leur scandaleuse ignorance, je le ferais. Mais bon. Je n'ai cette assurance que dans mon imagination. Et à la place, je suis juste un peu surprise qu'ils continuent à vivre tranquillement, comme si la terre sous leurs pas n'avait pas été secouée, comme si aucun ouragan n'avait balayé le cours de leur tranquille indifférence, alors que moi, je suis encore parcourue des spasmes du bonheur que Tatiana m'a apporté en entrant dans ma vie.

J'arrive la première. Assise sur la banquette, je patiente, le cœur au bord de l'explosion. À tout moment je m'attends à ce que Victoire arrive, pressée, essoufflée, probablement encore au téléphone, et…

La voilà. D'un coup de hanche, elle pousse la porte vitrée puis s'avance, altière, en initiant son dandinement favori. Dans une main elle tient ses affaires, son sac, son ordinateur, dans l'autre, un gobelet en plastique contenant le reste d'un café qu'elle a dû acheter dans le métro ou dans une boulangerie, et qui se renverse à moitié sur le sol.

— Non ça marchera pas, dit-elle d'un ton neutre à un interlocuteur au bout du fil, tout en me fixant les sourcils relevés. Je te dis que ça marchera pas. J'ai déjà essayé. OK. On se rappelle.

Avec Victoire les choses marchent ou ne marchent pas. C'est toujours l'un ou l'autre. Il n'y a pas d'alternative. Je n'ai jamais compris sur quels critères elle en avait fait le principe d'une vie. Mais j'ai remarqué que, jusqu'à présent, ça lui réussit, quand une chose lui résiste, elle passe à la suivante.

Elle raccroche son oreillette, émet un petit soupir et vient s'asseoir en face de moi.

— J'en peux plus. Ils me font tous chier. Ça va, toi ?

Sans attendre ma réponse elle s'enquiert du contenu de l'assiette de fromages auprès du serveur : bleu – cantal – camembert.

— Pas de roquefort ?

— Non mademoiselle. Seulement du bleu. C'est plus doux, ajoute-t-il dans un hochement de tête complice, persuadé que cette remarque l'orientera vers ce choix plus à propos, plus féminin – ce qui est mal connaître Victoire.

— J'aime pas. Donnez-moi juste le cantal.

Victoire ne mange pas. Elle bâfre. Gobe. S'empiffre. C'est un ogre. Un ogre dans le corps d'un elfe. Et tandis qu'elle remplit ainsi son gouffre, les paroles jaillissent d'elle, sûres, solides, incontestables.

— Bon. Voilà. Je vais monter *Eugène Onéguine*. Tu vois ce que c'est ?

— Bien sûr.

— T'as lu le roman ?

Il serait plus simple de dire que je n'ai pas eu le temps de lire le livre. Mais non. Je mens.

— Évidemment !

— Tu mens.

L'une des spécialités de Victoire est qu'elle me voit. Et je pourrais m'évertuer à essayer de la berner, ça ne marcherait pas. Pour cette raison, que j'aie menti ne l'ébranle pas le moins du monde. Elle poursuit.

— Bon en gros c'est un roman en vers de Pouchkine qui raconte une histoire d'amour ratée. Y a de jolies filles, y a un duel, y a des missives qui font pleurer. Mais surtout, y a un mec hyper drôle, enfin un mec, une voix, un narrateur, qui raconte cette sombre histoire avec beaucoup d'humour. Bref, si ma proposition t'intéresse, tu liras le livre.

Je mens pour ne pas faillir devant elle sans doute, parce que j'ai l'impression que je serai plus crédible, plus légitime, en ayant lu le roman. Pour que la bonne élève que je suis lui donne envie de me récompenser par un beau rôle.

— Mais ça m'intéresse déjà !

— T'emballe pas, tu peux être surprise par ma proposition…

— J'adore les surprises.

Ou parce qu'une fois de plus, je joue la comédie.

— Tant mieux. L'histoire on la connaît. C'est rien d'autre que *Les Parapluies de Cherbourg* à Saint-Pétersbourg. D'ailleurs Tchaïkovski en a tiré un opéra. Qui est pas mal. Pas ouf mais…

Un appel de mon père interrompt notre échange.

— Vas-y, dit-elle. C'est peut-être du boulot.

— Non, c'est mon père.

— Ah, bah renvoie l'appel alors.

— Voilà, pardon, dis-je en appuyant sur la touche *raccrocher* de mon téléphone, non sans culpabilité pour avoir choisi mon camp dans cette sinistre équation, répondre au boulot, raccrocher aux mourants.

— Bon. Moi j'ai lu *Onéguine*, poursuit-elle. C'est beau. C'est hyper beau. Mais c'est triste.

— J'imagine.

— Pour le moment c'est juste une tragédie. Et moi je veux pas. Je veux que ce soit drôle aussi. Notamment pour que ça reste une tragédie. Que ça la renforce. Tu vois ce que je veux dire ?

— Parfaitement.

Rien. Je ne comprends parfaitement rien. Mais je poursuis ma petite comédie de la connivence intellectuelle. Pour quelle raison elle m'associe ainsi à ses réflexions de dramaturge, c'est ce que je n'arrive pas à comprendre. D'autant qu'un rapide coup d'œil à mon téléphone m'indique que mon père appelle une nouvelle fois et que désormais ma question est de savoir si je dois m'inquiéter. Son premier message est arrivé, je décide de l'écouter.

— Attends, excuse-moi, j'écoute juste le message…

Victoire s'interrompt et dans ses yeux je vois le vide.

« Bon, ma biche, je te rappelle parce que je voulais savoir si tu t'étais renseignée au sujet de Hassin. À mon avis il n'est plus en activité, il a dû prendre sa retraite. J'ai des arguments pour le penser. Rappelle-moi. Au revoir. »

— C'est ton père ? dit-elle.

— Oui. Rien de grave. Son dentiste.

— Son dentiste ? Comment ça ? Il a des dents ?

Tout à fait Victoire, ça. Réduire les gens à des caractéristiques physiques (vieux = sans dents).

— Eh bien oui il a des dents. Un certain nombre même. Pas toutes, évidemment. C'est pour ça qu'il doit aller chez le dentiste et…

Mais Victoire m'interrompt, ça ne l'intéresse pas.

— OK. Donc ce que je disais : pour que la tragédie soit plus forte, il faut que ce soit drôle. Ce qui suppose ?

Mon père rappelle. Une fonction de mon téléphone permet de transcrire les messages vocaux en messages écrits. Je l'actionne.

— Ce qui suppose ? répète-t-elle.

— Ce qui suppose de…, dis-je en ne cessant de jeter des coups d'œil à mon téléphone, espérant que mon silence passera pour un grand mystère.

— Tu m'écoutes ou t'es dans tes messages ?

— Je t'écoute absolument.

« Bon, ma biche, c'est ton papa, je voudrais bien que tu me rappelles parce que je crois très probablement que Hassin a pris sa retraite. Je te dirai pourquoi. Voilà, tu me téléphones s'il te plaît dès que tu peux, merci, au revoir. »

— Au revoir ! dis-je machinalement après avoir lu le message, comme si mon père pouvait m'entendre, comme il m'arrive parfois de le faire en sortant d'une rame de métro, un grand au revoir bien sonore qui me fait me retourner sur moi-même de honte, un grand au revoir à l'adresse du monde que je quitte quand j'aborde un quai. N'importe quel quai.

— Pourquoi tu me dis au revoir ?

— Non, non, je ne te dis pas au revoir, excuse-moi, je suis désolée, j'ai eu un nouveau message de mon père… Bref. On en était où ?

— Je t'expliquais mon postulat. Une tragédie d'autant plus tragique que ce sera en même temps une comédie. Ce qui suppose de remanier complètement le texte.

— Évidemment. Ça a l'air super ce projet. Mais dis-moi… comment ça se fait que tu veuilles monter *Eugène Onéguine* ?

— Une commande. Le théâtre de la Coulée programme un cycle d'auteurs russes. L'idée c'est de rendre accessibles à un large public des œuvres classiques que personne ne lit, en en proposant une lecture moderne. Bien sûr, ils imposent des œuvres. Tchekhov était déjà pris. Dostoïevski aussi. Il ne restait plus que Pouchkine.

— Le théâtre de la Coulée ? Mais c'est fou ! C'est dingue ! Le-thé-â-tre-de-la-Cou-lée ?

Je ne sais pas pourquoi je frappe ainsi les syllabes, sans doute pour me signifier à moi-même que cette nouvelle est véritablement folle, véritablement dingue. Victoire s'est fait une place parmi les metteurs en scène qui comptent. Je le savais, mais jusqu'ici je n'avais pas mesuré à quel point. Tout en martelant les mots, je la regarde et elle me rappelle tout à coup cet homme à qui on a un jour demandé pourquoi il avait gravi l'Everest. « Parce qu'il était devant moi », a-t-il répondu tout simplement.

— Oui c'est génial, dit-elle. Ils mettent 30 000 euros direct. C'est une bonne base pour monter la production. Mais avant ça, il faut trouver une idée d'adaptation géniale, qui va transformer la tragédie en comédie géniale. Bon alors, ça te botte ?

— Mais évidemment. Le théâtre de la Coulée !

— Non mais je veux dire, sur le plan dramaturgique ça te semble être un postulat…

— Super. Ça me semble être un postulat super.

Et je hoche frénétiquement la tête pour signifier que oui, vraiment, ce postulat est super. Un air de satisfaction illumine le visage de Victoire. Son regard se pose sur moi, elle sourit, laisse planer un temps que j'interprète comme l'annonce de son verdict. Je la vois baisser la tête comme si elle cherchait les mots justes, *je voudrais que tu joues Tatiana*, la bonne formulation, *j'ai pensé à toi pour Tatiana*, comme une amoureuse qui s'apprête à formuler une demande en mariage à l'être aimé, *veux-tu être ma Tatiana* ? Puis brusquement, dans une sorte d'abandon du corps que je ne lui connais pas, elle lâche :

— Tu veux pas écrire l'adaptation avec moi ?

Un temps j'avais envisagé, en plaisanterie pour moi-même, que c'était Eugène, le rôle qu'elle voulait me confier. Il me semblait partager avec lui une certaine idée du ratage existentiel. Jamais je n'aurais pensé qu'elle fasse appel à moi pour la fabrique même de son projet. Je suis déçue. On peut renoncer à ses rêves. Il est beaucoup plus difficile d'admettre que les autres y renoncent à votre place. Je me sens brutalement ignorée.

« Bon, ma poupée, je t'ai déjà téléphoné. Je t'ai dit que je soupçonne que le cabinet du docteur Hassin n'existe plus. Voilà je te dirai pourquoi. Tu me téléphones si tu peux ? Au revoir. »

Je crois que je vais buter le docteur Hassin. On saura comme ça pourquoi son putain de cabinet n'existe plus. À moins que ce soit moi qu'il faille liquider. Victoire appelle le serveur pour lui commander un autre thé. Son regard se détourne de moi et c'est son dos que je vois maintenant, j'ai perdu son visage et ses yeux qui m'ont regardée tout à l'heure et m'ont fait croire à ce mariage entre nous, le même qui a scellé notre union il y a des années et dont j'espère depuis une issue miraculeuse. Face à ce dos, large, lisse, bâti comme un rempart armé, il se passe quelque chose : soudain ce dos me rappelle que les autres peuvent toujours se détourner de vous. Le dos de Victoire affiche sa liberté et je sens mon cœur se piquer d'une façon pathétique. J'envie cette liberté. J'envie que dans la vie de Victoire existe la possibilité de faire incidemment une proposition sans en attendre de retour. J'envie cette licence, cette indépendance qui pour toujours me laisse à l'écart des entrepreneurs de l'existence, de ceux qui décident, ceux qui œuvrent, ceux qui font, abandonnée sur une rive lointaine d'où j'attends indéfiniment que l'on me déporte et me ramène au monde visible, que l'on me regarde et que l'on m'aime. Ce dos me tétanise. Brusquement c'est ma mère que je vois partir quand je voudrais qu'elle reste, ce sont mes petits bras qui tentent d'attraper son corps qui s'échappe vers une autre vie, une vie sur laquelle je n'ai pas de prise, une vie opaque, d'adulte, une vie qui prend part à un monde qui me diffracte et m'effraie. Alors mon affreuse solitude, mon manque, ce trou à l'estomac m'enjoignent d'une même hargne tyrannique de ne surtout pas laisser échapper Victoire, sa proposition, sa main tendue, et de faire tout pour qu'elle se retourne à nouveau vers moi. Au bout de quelques secondes qui me paraissent un siècle, je parviens à ravaler ma déception et le soulagement que j'éprouve d'être revenue sur la rive heureuse des gagnants me fait battre le cœur. Victoire s'est retournée. Je vais parler. Je sais que ce sera trop, trop fort et trop vite, comme si je craignais que ses mots, son enthousiasme de m'associer à un projet s'échappent à travers l'espace de mon hésitation. Comme tous les lâches, je crains la liberté. Alors ce que je vais faire, je vais emprisonner Victoire, capturer sa proposition comme ces filets qui dans les airs attrapent les ailes virevoltantes, fragiles et libres des papillons.

— Bien sûr, dis-je.

— Non, c'est vrai t'es d'accord ?

— Bien sûr. Tu me connais. J'aime les textes, j'aime les mots, j'aime la musique, donc j'aime la musique des mots et les mots en musique et…

Je baisse la tête pour ne pas m'effondrer puis, dans la confusion de mes idées qui affluent comme une bouillie, j'ajoute :

— J'aime beaucoup en plus l'opéra de…

— Tchaïkovski.

— C'est vachement bien Rossini.

— Non, Tchaïkovski !

— Hein ? Ah oui. Pardon. Tchaïkovski. J'aime beaucoup son opéra et en plus, tu sais quoi ?

« Bon, ma biche. Hum, j'ai tout lieu de penser que heu… comment il s'appelle heu… le dentiste, là... n'existe plus. Et s'il existe... enfin c'est trop compliqué. Je te dirai. Faudrait que tu me rappelles. Salut ma fille, au revoir. »

Mon corps soudain se déchire, une scission se produit, une faille s'ouvre dans laquelle je sens la moitié de mon être se dissoudre et je ne sais plus qui parle quand je m'entends poursuivre :

— J'ai toujours eu envie d'écrire, je n'attendais que le bon moment
mais il n'y a jamais de bon moment
il n'y a jamais de bon moment
seulement des occasions
qui se présentent
et qu'on saisit
encore que là, si, on peut supposer que le moment est bon
car bientôt je finis ma tournée
j'arrête d'interroger le monde contemporain avec beaucoup d'acuité
quelques dates à droite à gauche
rien de mirobolant
et à part quelques visites à mon père je n'ai rien de prévu
absolument rien de prévu qui me retienne
qui me retienne de m'emprisonner chez moi
pour écrire
absolument rien qui me retienne.

Un slam. Un slam vient de sortir de ma bouche. Je relève les yeux vers Victoire. Son regard n'est plus vide du tout. Mais plein d'une interrogation fondamentale à mon sujet. Victoire est un énorme point d'interrogation. Et je sens que moi aussi.

— Personne ne te demande de t'emprisonner, hein ? dit-elle en tournant son visage aux trois quarts comme pour m'évaluer, comme on le fait devant une toile abstraite pour en saisir le sens.

— Haha ! Oui bien sûr. Non je ne vais pas m'emprisonner. C'était pour rire, une image m'est venue et… Bref.

— Mais donc vraiment, ça t'intéresse, t'es d'accord ?

— Mais absolument. Je suis d'accord. Je suis totalement d'accord. D'un accord total. D'un merveilleux accord total et…

Et je pourrais continuer comme ça des heures car mon corps, en se déchirant, s'est totalement désolidarisé de moi et celle qui parle, je ne sais toujours pas qui c'est. Voilà bien la perte des acteurs, toujours à s'éloigner d'eux-mêmes et à se compromettre dans de petites ambitions ayant pour but de flatter un orgueil perpétuellement en péril ! Je me giflerais d'avoir dit oui. Je n'ai jamais fait d'adaptation de ma vie, je ne suis qu'une interprète, jouer la comédie, c'est la seule chose que je sais faire et je le fais mieux que quiconque, moi qui viens de me berner toute seule. D'un autre côté, peut-on vraiment dire que l'adaptation d'un tel chef-d'œuvre de la littérature constitue *une petite ambition* ? En serai-je capable ? À moins que… En me hissant à une place dont je ne me juge pas capable, je gagnerai peut-être cette hauteur qu'on appelle la niaque et qui rend les gens qui en sont pourvus appétissants comme des jeunes filles ? Il suffit que j'ouvre la porte, celle du frigo géant de ma vie en berne, et que j'en fasse sortir l'éléphant, alors je pourrais faire entrer la girafe et…

Victoire me regarde l'air complètement consterné.

— Ça va ? dit-elle.

— Oui, répond la personne qui se trouve à ma place.

Un long temps passe. Et brusquement je n'y tiens plus :

— Qui jouera Tatiana ?

Elle me regarde, incrédule.

— Toi, dans quel rôle tu t'imagines ?

— Moi ? Peut-être…

Tatiana. C'est Tatiana que je veux jouer. Tatiana qui me fait rêver. Tatiana, ignorée puis adorée. Tatiana réhabilitée, ressuscitée, retrouvée, rétablie, reconnue. Tatiana à qui est donnée la possibilité d'une deuxième chance. Et n'est-ce pas d'une deuxième chance que j'ai besoin, moi qui me sens cette plante laissée dans l'ombre et qui peine à s'épanouir ? Si je joue Tatiana, tout recommence pour moi.

— Alors ? Tu réponds ? Dans quoi tu t'imagines ?

— Moi ? Tatiana.

— Eh ben voilà !

Eh ben voilà. Quoi ? Voilà quoi ? Eh ben voilà quoi ? Mystère total.

— Dégueulasse ce cantal, ajoute-t-elle.

Victoire rassemble ses affaires, paie, son téléphone sonne.

— Mais quand est-ce qu'on va arrêter de me faire chier ! Allô ?

Victoire m'a demandé dans quel rôle je m'imagine, mais ai-je le droit de considérer sa question comme une proposition ? Sa réponse est tellement vague ! « Eh ben voilà. » J'ai besoin de comprendre. Que contiennent ces trois petits mots ? *Eh ben voilà* m'ouvre une nouvelle fiction. « Et toi ? Dans quoi tu t'imagines ? » « Moi ? Tatiana. » « Eh ben voilà, c'est dommage. Je ne t'imagine pas dans le rôle. » Parfaitement impossible. Victoire m'aime et sa franchise ne souffrirait pas de me laisser dans le doute de cette façon, si sa pensée est sans équivoque.

Ou bien : « Et toi ? Dans quoi tu t'imagines ? » « Moi ? Tatiana. » « Eh ben voilà. J'en étais sûre. Ce fromage est dégueulasse. » Possible. Mais ne prouve rien.

Ou encore : « Et toi ? Dans quoi tu t'imagines ? » « Moi ? Tatiana. » « Eh ben voilà. On est décidément sur la même longueur d'onde. C'est exactement ce que j'imagine aussi, toi dans Tatiana, toi, Tatiana, éternelle figure de la réhabilitation, par conséquent figure éternelle de la résurgence, toi, Tatiana, jeunesse intacte et à jamais renée. » Oui. Bien sûr. C'est évidemment tout cela que contiennent ces trois petits mots « eh ben voilà ».

On se dirige vers la sortie, Victoire toujours au bout du fil, et moi emplie de ma formule magique, comme un petit personnage qui trépignait d'entrer en scène : Moitatiana.

« Bien, ma biche, Hassin est mort. Ou s'il est vivant, il n'existe plus. Je t'embrasse ma bichette. Au revoir. »

« Il prit pour tâche impérative
D'ingurgiter l'esprit d'autrui. »
Chapitre 1

GRILLE D'ÉTÉ DE FRANCE CULTURE
« Les rencontres insolites de Richard Gaitet »
Jeu et enjeux de l'adaptation

— Vous êtes actrice. Et très prochainement à l'affiche d'un spectacle qui fait déjà beaucoup parler de lui : cette adaptation d'*Eugène Onéguine*, mise en scène par Victoire Delambre et que vous signez.

Temps, silence, croisement de jambes.

— Oui.

— Nous allons parler de votre travail d'adaptation si vous le voulez bien puisque c'est le cœur de notre sujet, mais avant tout, je voudrais vous poser une question. Aviez-vous conscience, lorsque Victoire Delambre vous a proposé d'adapter le roman, qu'il y avait là un rôle pour vous ? Un rôle, je dirais, à votre mesure ?

— Écoutez, c'est très gentil, mais je ne crois pas que les choses se passent ainsi de l'intérieur pour les acteurs. Il n'y a pas des rôles d'une part et des acteurs de l'autre, comme deux entités lointaines qui, pour se voir réunies, auraient à parcourir une distance semée d'embûches. Contrairement aux idées reçues, un rôle n'est pas une peau dans laquelle on entre. Vous êtes le personnage dès l'instant où l'on décide que vous l'êtes. Vous savez, pour nous il s'agit de se laisser traverser par des mots dans des situations données. Si les situations sont fortes et les mots bien trouvés, en principe ça marche. C'est comme ça que ça fonctionne. La seule peau de personnage qui existe pour un acteur ce sont les mots et les situations (je mets de côté les rôles de composition qui font intervenir des critères relevant davantage de l'imitation).

— Est-ce qu'on peut parler d'une réalité de l'acteur ?

— La seule réalité qui existe pour un acteur ce sont les rôles qu'il incarne. Mais enfin, avant d'endosser une fonction, un acteur est d'abord une personne. Et la réalité d'une personne... Je crois que la réalité n'est pas autre chose qu'un point de vue.

Sourire. Hochement de tête. Air entendu.

— Bien. Venons-en maintenant à cette adaptation. Je rappelle qu'*Eugène Onéguine* est un roman en vers de Pouchkine, dont Tchaïkovski a tiré un opéra qui porte le même nom. Une question : le roman n'est quasiment jamais monté au théâtre. À votre avis, pourquoi ?

— Eh bien, d'abord ce n'est pas du théâtre. C'est un roman, certes en vers, ce qui lui donne une certaine dimension théâtrale, mais il n'y a pas de scène, en tout cas pas au sens où on l'entend au théâtre, et assez peu de dialogues. C'est véritablement un roman.

— Qu'est-ce qui vous a poussée, alors, à adapter ce roman pour la scène ?

— Une commande d'un des plus prestigieux théâtres de Paris peut-être ? (Rires) Non, blague à part, quand Victoire m'a proposé ce travail, la question a tout de suite été : comment on fabrique une pièce de théâtre à partir de ce roman ? Comment on transforme 389 strophes de 14 vers octosyllabiques, chacune identiquement construite de la même façon, 4 rimes croisées, 4 rimes plates, 4 rimes embrassées, 2 rimes plates – on ne dira jamais assez que les gens sont fous – comment on transforme cette matière, donc, en scènes de théâtre. 5 500 vers à transformer en une pièce de théâtre, c'était un vrai défi.

— Ce n'est pas grand-chose comparé aux 27 000 vers de l'*Iliade* et de l'*Odyssée* ! (Rires)

— C'est vrai. Mais si je peux me permettre, l'histoire d'*Eugène Onéguine* est légèrement plus simple ! (Rires)

— Alors quelle est-elle, cette histoire ?

— Oh, eh bien c'est la trame classique de l'amour manqué. Eugène Onéguine est un jeune dandy. Lassé de la vie mondaine, il se retire à la campagne, où il vient d'hériter du manoir de son oncle. Là-bas, il se lie d'amitié avec un jeune homme, Lenski, qui est une sorte de double solaire d'Eugène, poète exalté, fougueux, amoureux de la vie, et surtout amoureux d'Olga Larine, à qui il est fiancé. Olga a une sœur aînée, Tatiana, une jeune fille sombre et secrète, nourrie de littérature. Un jour, embarqué par Lenski, Eugène se rend chez les Larine. Et là, sans surprise,

Tatiana tombe follement amoureuse de lui. Au bout d'une nuit passée à se ronger, elle décide de lui déclarer sa flamme et lui écrit. Puis elle attend sa réponse, plusieurs jours, aucune lettre n'arrive. Mais un jour, Eugène revient. Il prend Tatiana à part dans le jardin et lui explique en une longue tirade pourquoi il refuse son amour. Tatiana est anéantie. Quelque temps plus tard, une fête est organisée chez les Larine, au cours de laquelle Eugène, par ennui, provocation ou cette sorte de mépris désabusé qui serait un mélange des deux, séduit Olga. Fou de jalousie, Lenski le provoque en duel dès l'aube, et bien sûr, c'est lui qui meurt sous les balles d'Eugène. Après ça plus rien n'est comme avant. Eugène, mortifié d'avoir tué son ami, fuit la région ; Olga se marie à un militaire et le suit en garnison ; quant à Tatiana, elle erre, seule, en prise au désespoir que lui ont causé toutes ces pertes. Elle finit par se laisser convaincre par sa mère de partir à Moscou où elle accepte de se marier au prince Grémine. Désormais princesse, Tatiana s'ennuie. Et c'est à ce moment-là de sa vie que, au cours d'un bal, elle recroise Eugène. Vous devinez la suite ?

— Il tombe à son tour fou amoureux d'elle ?

— Voilà. Et à son tour il lui écrit pour la convaincre de tout abandonner pour lui. Il lui écrit plusieurs lettres, elle ne répond à aucune, alors Eugène finit par se rendre chez elle. Et c'est la scène finale, celle dans laquelle Tatiana lui explique pourquoi elle ne le suivra pas.

— Alors pourquoi ?

— Eh bien là, les interprétations sont multiples. On a beaucoup dit que Tatiana était l'incarnation du devoir moral. Dostoïevski parle d'« apothéose de la femme russe », celle qui sacrifie son amour au devoir conjugal. Bon. Personnellement je suis très sceptique sur cette interprétation du choix de Tatiana, qui me paraît très réductrice par rapport à la réalité littéraire du personnage. Tatiana déroule en effet un long monologue face à un Eugène silencieux, dans lequel elle lui explique les raisons de son refus, raisons qui semblent davantage procéder d'un mûrissement personnel plutôt que d'une soumission à un ordre moral. Comme si la blessure qu'Eugène lui avait infligée en refusant son amour lui avait permis en même temps de comprendre quelque chose d'elle-même et de grandir. Au cœur du refus de Tatiana, il y a une blessure quasiment philosophique : Eugène l'a repoussée alors qu'elle était une jeune fille simple qui vivait à la campagne (« Loin de l'éclat des vanités/ Je ne vous plaisais pas »), et il tombe amoureux d'elle une fois qu'elle est devenue princesse. « Quand je suis riche et j'ai un nom. » Il y a quelque chose de très blessant à se dire que l'on est aimé pour ce que l'on vaut. Donc si Tatiana aime Eugène (elle le lui dit : « À quoi bon feindre ? Je vous aime »), il n'est absolument pas certain qu'elle puisse le suivre. Je crois qu'elle ne le peut pas, tout simplement parce que son regard sur Eugène a changé. « Vous jadis si brillant, si fin/ la proie d'un sentiment mesquin. » Tatiana est passée de l'enfance à l'âge adulte en opérant la prouesse de grandir. C'est le seul personnage du roman qui se métamorphose de cette façon. Les autres disparaissent dans la mort, comme Lenski, ou dans l'oubli, comme Olga. Quant à Eugène, il ne grandit pas. Il fane. C'est un vieux bébé qui a raté sa vie.

— Tout à fait passionnant. À partir de cette trame, vous avez « tiré » une histoire qui est au final assez loin de ce vous venez de nous raconter. Comment en êtes-vous arrivée à ces choix ?

— Il faut s'approprier la substance. Et pour ça, tout d'abord, l'approcher, lire le texte plusieurs fois, comprendre comment l'histoire résonne en nous, comment elle résonne aujourd'hui. Et après, on l'essore.

— On l'essore ?

— Absolument. On l'essore une fois. Deux fois. On voit ce qui tombe. On l'essore jusqu'à ce qu'il ne reste plus que l'essence de l'histoire. Son concentré. Sa substance.

Temps. Sourire. Croisement de jambes.

— Maintenant, si vous êtes d'accord, Richard, on va essorer l'histoire.

— Je suis très curieux de savoir comment on essore une histoire !

— Alors écoutez bien :

Tatiana, « Biche des bois toujours anxieuse » (selon la très belle expression de Pouchkine).

Du temps passe.

« Quelle métamorphose en elle !

Comme elle a pris son rôle en grand ! » (Ça, c'est ce que pense Eugène quand il la revoit au bal.)

Et voilà.

— Quoi ? C'est tout ?

— Oui. Vous savez, l'adaptation revient à ingurgiter l'esprit d'autrui, puis à en rendre une autre version. Et, comme le dit très justement Maurice Blanchard : « Il faut d'abord choisir le point exact d'où l'on doit partir. Le reste importe peu. »

— Très intéressant. Mais dites-moi… une question me taraude. Quand Eugène pense : « Comme elle a pris son rôle en grand ! »… De quel rôle s'agit-il ?

— C'est toute la question. Il va falloir percer le mystère Tatiana. Je vous propose de mener l'enquête.

> « Alors vraiment, la chose est claire,
> Sans élégies ni tralalas,
> Mon beau printemps est mort, voilà »

Chapitre 6

Le lendemain, je me rends par surprise à la Maison des Artistes. Le code a changé, de 1914, on est passé à 3945. Est-ce que cette astuce mnémotechnique dénote un rajeunissement des résidents ? Si c'est le cas, mon père est foutu. Son nom doit figurer sur la liste des prochains. Combien de temps lui reste-t-il, à lui qui n'a plus de dents ?

Je frappe à la porte doucement. Si personne ne répond, c'est qu'il est mort. Personne ne répond. Mon cœur fait un bond dans ma poitrine. J'ouvre, la chambre est vide. Et pas du tout endormie. Incroyablement vivante même. Le lit est défait dans une sorte d'effronterie paresseuse tandis que l'armoire, ouverte, ne montre pas beaucoup plus d'ordre. Sur son bureau trône un monceau de papiers, de livres ouverts, de crayons, de paires de lunettes, de notes, dont celle-ci : « Les chemins dc la Libcrté. Premier volume : L'âge de raison. Deuxième volume : Le sursis. Troisième volume : La mort dans l'âme ». Ou celle-ci : « je suis né le 14 décembre 1914 ». Ou encore : « Guigou vient me voir mardi. » Le tout est surmonté d'un petit mot manuscrit indiquant d'une écriture pointue et sûre qui est la sienne mais dont le tracé ressemble de plus en plus aux mouvements ébranlés d'un vieillard qui aurait marché sur des talons aiguilles : « Interdiction absolue de toucher à quoi que ce soit ici. » Sur le fauteuil où j'ai pris l'habitude de m'asseoir, un amas de chemises, pantalons, pulls, tee-shirts blancs, chaque vêtement portant une étiquette à son nom suivi de « MNA », pour « Maison nationale des Artistes », laquelle impose à ses résidents ce petit marquage enfantin. Au centre de la pièce, sur la table inclinée qui lui sert à dessiner, un livre consacré à Piero della Francesca, idole n° 1, et un autre à Balthus, idole n° 2 (quoique haï et jalousé, celui-ci, parce qu'il est son contemporain). Il y a quelque chose d'adolescent dans cette chambre, dans la désinvolture de son désordre.

J'entre pour poser mes affaires. La fenêtre est grande ouverte sur le parc. C'est probablement l'une de celles qui offrent la plus jolie vue sur cette étendue verte et vallonnée. L'air est vif malgré le soleil. Je ferme la fenêtre et m'attendris moi-même à l'idée que je le fais pour que mon père n'attrape pas froid. Il m'a eue très tard, et ce geste protecteur a toujours fait partie de nos rapports. Depuis le jour où Mme Proton, ma maîtresse de CP, m'a demandé quel âge il avait. J'avais soupçonné que pour s'y intéresser tellement, alors que je ne m'étais moi-même jamais posé la question, l'âge de mon père devait receler une curiosité particulière. J'en avais conçu une inquiétude soudaine qui s'était mue en angoisse la seconde d'après, lorsqu'elle n'avait pas cru à ma réponse.

« 68 ? » avait-elle rétorqué, avec l'air fâché des institutrices qui n'aiment pas qu'on leur raconte de vilains mensonges. « C'est impossible. Ton papa doit avoir 58 ans. » Elle avait été vraiment très méchante. En sortant de l'école, à peine mes pieds avaient-ils foulé le sol de la place Suzanne-Valadon au pied du funiculaire qu'une chape de plomb m'était tombée dessus, une sorte de rideau de fer clôturant à jamais mon insouciance sur les années à venir. Depuis, j'avais vécu dans l'angoisse de sa mort prochaine, que je devinais imminente tant que mon rapport au temps restait approximatif. Ce qui dura des années. Et puis plus tard, mon expérience du temps s'étant précisée, et l'homme n'étant pas mort, la honte s'était ajoutée. Celle d'avoir pour père un homme ancien, un homme qui m'avait engendrée depuis une époque révolue, privant l'adolescente que j'étais devenue de sa fraîcheur et de sa jeunesse. Comme je lui en voulais d'être vieux ! Je voyais mes amis évoluer dans des environnements modernes, quand nous habitions un vieil appartement au dernier étage d'un immeuble de la rue des Martyrs, magnifique avec son atelier d'artiste donnant sur un jardin de la rue Clauzel et sa véranda qui menait de l'atelier à l'entrée principale, mais où tout était ancien et vétuste : le mode de chauffage au poêle, la cuisine où était demeurée une cheminée d'origine en faïence bleu et blanc, le parquet en point de Hongrie qui n'avait jamais été poncé et où tout pied nu posé prenait le risque de se planter une écharde, la baignoire à sabot dans ce qui était non pas une salle de bains, mais un minuscule cabinet de toilette. Chez mon père, point de sonnette : on frappait, comme dans les contes. Tout indiquait qu'on y vivait comme dans une ferme du XIXe siècle.

Chaque chose y était désordonnée, branlante, abîmée, soit qu'elle ait atteint l'âge de son obsolescence, soit qu'elle ait subi l'une des formidables colères de mon père qui, de rage lorsque les objets ou les situations lui échappaient, était capable de lancer une chaise au plafond, de planter un couteau dans le bois d'une table ou de se mordre au sang. Beaucoup des objets devaient leur présence au monde à une réparation sommaire ou tentative de réparation, dans ce qui se révélait finalement une transformation bringuebalante, qui ne faisait qu'accentuer et rendre plus manifeste leur défaut d'origine ou leur vétusté. Des abat-jour déchirés étaient grossièrement rafistolés avec ce large scotch de déménagement, de cette redoutable couleur que l'on ne peut s'empêcher d'associer à la vieillesse. Une fourchette en inox avait été judicieusement introduite par ses dents à l'intérieur de l'antenne télescopique. Quand quelqu'un venait chez nous, je cachais les lampes, je retirais la fourchette. Et je nettoyais tout. Du sol au plafond. Une peine que je constatais chaque fois perdue d'avance tant il est impossible de masquer sur les objets leur appartenance à un monde ancien. Pour compenser, j'usais et abusais de produits ménagers qui sentaient bon, en particulier, pour le parquet, d'une cire qui présentait l'avantage de ne pas avoir une odeur trop chimique, ce qui aurait contrasté avec la vétusté des lieux. En choisissant de rendre l'appartement présentable par son odeur, je faisais diversion sur ses autres indignités. Mais tout l'art consistait à ne pas dévoiler ma mascarade, puisque le principe de la honte est qu'en se manifestant elle tente de se dérober, autant aux autres qu'à soi-même. Quand on a honte, c'est toujours trois fois : de l'objet de la honte, du sentiment lui-même, et enfin de la culpabilité qui en résulte. Ce sont toujours les gens que nous aimons le plus qui nous font honte. Pourquoi ne rit-on pas, enfant, des infirmités ou des différences de nos parents ?

Chez les autres tout me paraissait chic, les matériaux des cuisines – meubles en mélaminé noir ou, plus incroyable, en métal ! – le blanc immaculé des murs, les parquets en bois clair, lisses et sans échardes. Quand je visitais leurs appartements, j'étais saisie d'admiration et m'efforçais de ne surtout pas le montrer de crainte qu'en découvrant ma convoitise je laisse apparaître mes lacunes. Mais en secret, je rêvais douloureusement d'être conforme à ces modernes. Moi aussi je voulais cette aisance contemporaine, elle m'était devenue synonyme d'aisance tout court : tout y indiquait la pointe d'un confort matériel et d'une pensée progressiste. C'était le mot qu'ils utilisaient et que mon père raillait avec un mépris à peine dissimulé. « Progressistes ! Ha ha ! Et en quoi est-ce qu'ils sont progressistes ? » J'avais honte. Et je le haïssais de me maintenir avec lui dans la vase bourbeuse de sa pataugeoire à souvenirs quand je tentais de nager dans les eaux claires d'une mer nouvelle. Alors j'essayais de comprendre ce qui me séparait d'eux, comment je pouvais remplir ce gouffre qui m'éloignait de la vraie vie, la vie moderne, je cherchais le mode d'emploi de ma propre existence au sein d'un monde qui, en préambule à ma naissance, avait été lesté par des années qui n'étaient pas les miennes et dont j'endossais le poids. Des années traversées par un père qui avait vu le jour au début de la Première Guerre mondiale, vécu sa jeunesse pendant la Seconde, perdu un frère à Auschwitz, et traversé à 50 ans passés les événements de Mai 68. Comment un tel homme pouvait-il encore accorder à l'idée de progrès la vitalité nécessaire à la marche du monde ? Au mieux pouvait-on parler d'évolution. Et cette évolution n'était pas très bonne.

Mon père fait irruption dans la chambre.

— Attends ma minouche, me dit-il, pas le moins du monde surpris de me voir ici.

C'est l'une des qualités qui le font parfois ressembler à un chef de guerre : il n'a jamais l'air étonné. Il traverse la pièce, s'aidant d'une canne à bout argenté qui ravive ma honte immédiatement, et se dirige vers son lit. Là s'affale le tout petit poids de son tout petit corps. Il est assis au bord du matelas et ses pieds, nus dans des mocassins avachis qui ressemblent à de vieilles savates, touchent à peine le sol. Il est si petit ! Il tient sa canne à la verticale dans sa main droite. Et ce spectre lui assurerait un maintien presque royal s'il ne se mettait dans le même temps à fourrager copieusement ses narines.

— Tiens, referme derrière toi, ma poupée. Voilà. Alors tu vois c'est absolument monstrueux, il y a ici un foutoir exemplaire.

— Je vois. Comment ça se fait ?

— Je ne peux pas te dire, je ne sais pas. Je ne sais pas comment c'est arrivé.

— Mais ils ne font pas les chambres ici, à la Maison des Artistes ?

— Je ne sais pas mais de toute façon, je vais te dire…

Il ménage un temps, ajuste la position de son buste et l'inclinaison de sa tête, comme les invités politiques dans les talk-shows lorsqu'ils s'apprêtent à révéler leur remarquable point de vue sur la situation, puis déclare :

— La Maison des Artistes, c'est de la merde.

— Hum.

— Ça ne vaut pas un clou.

— Sans doute.

— Et il est hors de question que je reste ici.

— Je comprends.

— Alors je veux bien éventuellement rester deux ou trois jours, mais pas plus !

— Évidemment.

— Et si on ne me laisse pas partir, je financerai moi-même mon évasion !

Comment a-t-on basculé tout à coup dans un téléfilm d'aventure ? D'où lui viennent ces mots, l'idée surtout, d'une évasion *à financer*, alors qu'il n'est nullement maintenu par une camisole et qu'il lui suffit de sortir de la pièce, puis de la maison, puis dans la rue.

— Où iras-tu ?

— Je ne sais pas. À Paris probablement, chez moi ! Tu comprends, je m'emmerde comme un rat mort, moi, ici. Je ne peux rien faire ! Cela dit j'ai trouvé une astuce pour contourner ma tendinite. Tu sais que j'ai une tendinite ? À l'épaule. Eh bien j'ai trouvé une astuce qui consiste à ne pas lever le bras trop haut. Il ne faut pas dépasser cette oblique, n'est-ce pas. Parce que sinon, quand je fais comme ça, eh bien, aïe, ah la vache ! Je ne peux pas le faire.

— Effectivement.

— Alors grâce à cette astuce, j'ai pu recommencer à travailler sur des choses picturales de petit format, mais néanmoins intéressantes.

Il me montre un dessin qu'il a fait : une tête de femme pas terrible avec un très long nez, logé dans le coin d'une feuille de cahier d'écolier. Il observe son dessin comme s'il le découvrait pour la première fois. Ses yeux fixes sur l'ébauche, son expression se fige soudain dans une sorte de stupeur consternée. Il reste un moment à contempler son œuvre sans ciller, puis d'un ton magnanime, quoique soulevant difficilement des mots qui contiennent encore le poids de sa prostration, il conclut :

— Alors évidemment le nez est un peu trop long. Et cette courbure-là n'est pas très réaliste. Bon. Il y a peut-être un problème de proportions, mais enfin pas très difficile à corriger.

Je ne saurais distinguer ce qui, du déclin de la vieillesse ou de la distorsion du réel propre à Alzheimer, lui a fait rater à ce point son dessin. Il a perdu des facultés en tout cas, c'est indéniable.

— Tu t'es coupé les cheveux ? dis-je, en constatant tout à coup qu'il a une tête changée, comme rajeunie.

— Oui. Tu as vu comme c'est bath ? On dirait Jules César. Bien. Alors je ne sais pas si je t'ai dit, je suis sur un coup fumant avec les Japonais.

— Tu m'en as parlé oui.

— Alors tout ça mijote fantastiquement, et je pense que d'ici à la fin du mois, j'aurai fait rentrer une somme considérable. Et alors, là, la Maison des Artistes (il tape le plat de sa main droite sur son poing gauche), tu vois ce que je veux dire. Je retournerai à Paris ! Cela dit je ne suis pas sûr de vouloir revenir dans mon appartement de la rue… rue… Enfin rue Machin-Chouette. Parce que récemment j'ai repéré un petit hôtel particulier du côté de la rue… rue… enfin rue Machin-Chouette. Ça, ce serait formidable. Et puis avec la somme qui va me rentrer, c'est une broutille naturellement.

Je me souviens parfaitement de cet hôtel particulier, un vieux rêve qui a au moins quinze ans, sur lequel moi aussi j'ai fantasmé, voulant croire à cette nouvelle chimère, pensant que la vie de châtelains qu'il me vendait pouvait advenir. Il s'agissait non pas d'un hôtel particulier, mais d'un terrain nu qui formait une dent creuse entre deux immeubles, et sur lequel il projetait de faire construire une maison au milieu d'un « jardin de curé ». Ces mots m'avaient séduite. Je me figurais un espace miniature regorgeant d'arbres et de fleurs, un peu à la manière de ces paysages mis sous une cloche, une luxuriance illimitée dans un tout petit écrin. Mais plus encore que les mots – jardin de curé – c'est le silence que mon père laissait planer après eux lorsqu'il évoquait ce jardin qui m'envoûtait. Je voyais son regard habituellement mordant se détendre, et j'avais l'impression que le curé lui-même évoluait lentement dans ses pensées, lui inspirant des méditations secrètes.

À l'époque, il allait régulièrement sur place pour rêver concrètement, accompagné tantôt d'un ami architecte, tantôt d'un autre, promoteur immobilier, ou bien quand ces spécialistes-là n'étaient pas disponibles, de son vieux copain commissaire-priseur. Ou, plus inattendu, de son encadreur. Un bon bougre qui portait le joli nom de Décret et n'avançait dans les discussions qu'à coups d'exemples. « Je vais vous donner un exemple », était toujours l'ultime phrase qui cimentait son raisonnement au lieu de le construire encore, si bien qu'on pouvait dire de lui qu'il était un peu bas de plafond. Mon père avait eu ce don de réunir autour de lui des gens d'une variété infinie qui le suivaient, l'écoutaient, le croyaient, espéraient avec lui, le secondaient dans ses démarches insensées, et finalement semblaient nourrir la banalité de leur existence à la source prodigieuse de son imagination. La même qui aujourd'hui, quinze ans après, l'amène à raviver ce vieux projet.

— Tu es sûr qu'il sera toujours en vente ?

— À peu près certain. Tu sais, rien ne bouge ! dit-il en riant, comme si cette immobilité fondamentale était une très bonne nouvelle. Si on allait faire un tour au parc ?

Nous traversons le couloir et coupons par le petit salon où Thérèse joue un Nocturne de Chopin. Nous regagnons le large perron qui surplombe les escaliers menant au-dehors. Mon père commence péniblement à descendre les marches avec sa canne.

— Alors tu sais, dit-il, que Philippe Leclerc de Hautecloque, n'est-ce pas, le général Philippe Leclerc de Hautecloque, a fait toute la guerre avec sa canne. Il commandait les troupes qu'on lui avait confiées, avec sa canne ! Extraordinaire ! Et sa canne n'a jamais été touchée. Ni lui. Il a terminé sa guerre comme maréchal d'Empire. Extraordinaire. C'est beau comme… Je ne sais pas.

On s'assoit sur le banc le plus haut, qui offre une vue imprenable sur le parc et sa descente. Le soleil filtre à travers les arbres à des hauteurs différentes, créant un entrecroisement de rayons. On se croirait dans la nef d'une église. De temps en temps un merle, une corneille ou une pie vient se poser délicatement sur l'herbe, sautille un moment en un petit ballet empressé – piquant le sol, relevant la tête et l'agitant frénétiquement – puis, au terme de cette exploration ésotérique, repart satisfait en sifflant dans son langage particulier. Mon père observe ce manège, suivant du regard la course affairée de ces petits personnages ailés.

— C'est la chose que je regretterai ici. Le parc. Tu as vu comme c'est beau ? Il n'y a pas un souffle d'air. C'est fantastique, rien ne bouge. Et tout au bout, là-bas, c'est l'autoroute !

Il a dit ça d'un ton victorieux, comme si cet horizon était porteur de projets merveilleux.

— Tu veux qu'on aille jusqu'au bout du parc ? Voir l'autoroute ? dis-je.

— Oh, non. C'est beaucoup trop loin. Beaucoup trop.

— Et au fait tu ne devais pas aller à Marseille ?

— À Marseille ? Si ! Mais j'y suis allé.

Son œil s'assombrit. Pour la première fois, je me demande s'il croit lui-même à ce qu'il vient de dire.

— Et il a fait beau ? dis-je pour dissiper son voile.

Silence.

— Tu as vu ? Rien ne bouge. Il n'y a pas un souffle d'air.

Nous écoutons l'absence de ce souffle. Le silence est troué par moments des coups de sécateur qu'un jardinier donne à ses rosiers.

J'ai envie de parler de ses dents. Depuis le début c'est la question qui me taraude. On connaît ces rêves atroces, parmi les plus frappants par l'impression de vérité qu'ils nous laissent, ceux où on perd une dent. On découvre le secret de la mort, et comme ceux qui s'en approchent, on est traversé par cette douloureuse lucidité, qui nous effraie moins par l'issue elle-même (qu'il n'est pas possible de se représenter) que par le chemin de pertes irrémédiables qui nous y conduit et aligne sur un même plan les années à venir et celles qu'on a vécues. J'observe mon père en coin et constate qu'il effectue une petite activité avec sa langue autour de ses dents, produisant toutes sortes de bruits de bouche. Je saisis immédiatement l'opportunité qui se présente pour lui demander s'il se sent gêné par ses dents.

— Mes dents ? Mais ce ne sont pas mes dents. C'est un machin, un truc, là, je ne sais plus comment ça s'appelle.

— Un dentier ?

— Oui, voilà. Un dentier. C'est de la merde. Regarde !

De sa gencive supérieure il retire une fine barre de métal sur laquelle sont accrochées des dents petites, éclatantes, fausses. Je sens mes épaules s'affaisser, et tout dans mon corps tombe comme un chiffon : mon sang, mes membres, mes cheveux, mes joues, mon âme, mes mots. Je ne parviens pas à me ressaisir devant le spectacle de cette bouche de mort, cette lèvre qui épouse pour la première fois les contours de sa mâchoire et laisse deviner son crâne. Je ne vois plus mon père, cet homme au corps robuste comme un rempart. Je vois son squelette. Une enveloppe prête à rompre dans laquelle vit encore quelqu'un.

— Pourquoi tu veux voir le docteur Hassin si tu as déjà un dentier ?

— Justement ! Parce que c'est de la merde ! Ce n'est absolument pas valable ça. Je suis sûr qu'on peut trouver des vestiges, des vestiges de dents. Alors on s'accrochera dessus et... Mais Hassin est mort. Ou s'il est vivant etc., il n'existe plus. De toute façon tout ça est une broutille je te dis, puisque je veux retourner à Paris et continuer ma peinture ! Les dents, pas les dents, ça ne m'intéresse pas ! Voilà. Et je ne resterai pas une minute de plus dans cet endroit de merde !

Il hurle maintenant. Ses chuintantes s'échouent sur sa mâchoire édentée, tandis que les mots, eux, parviennent jusqu'à l'autoroute. Son petit corps nerveux est secoué de spasmes de colère et il martèle le sol avec sa canne. Le jardinier s'est arrêté, sécateur en main. Il tourne la tête dans toutes les directions afin d'identifier le propriétaire de la crise. Puis constatant sans surprise que c'est mon père, il retourne tranquillement à ses rosiers. Chacun ici connaît les colères du vieil homme. Et le jardinier sait, comme je sais, qu'il ne retournera jamais chez lui. Que ce qu'il piétine, en martelant le sol, c'est l'impossible réalisation de son rêve de retour. Qu'il n'y a pas de retour, pas de mouvement inverse, pas de saison, pas de rosiers qui refleurissent à chaque retour de printemps, que la saison maintenant c'est l'hiver, unique, tautologique, et qu'on n'en sortira que quand ce sera fini.

— On rentre ? dit-il. J'ai froid.

Je saisis son bras gauche. Dans le droit, il tient la canne qui l'aide à avancer. Je me demande comment va finir sa guerre. Si comme le général de Hautecloque, il finira maréchal. Je me demande aussi si sa guerre n'est pas un peu la mienne. Nous rejoignons la chambre. Dans le petit salon, seul réside le souvenir de Thérèse. Un silence règne, épais, comme si toute vie humaine avait déserté les lieux.

La chambre a été rangée, le sol luit par endroits des coups de serpillière qui vient d'être passée. Mon père s'arrête un instant sur le livre de Piero della Francesca. Il en tourne quelques pages religieusement, et dans un souffle, me dit :

— Tu sais, le dernier tableau qu'a peint Piero s'appelle « Le baptême ou les anges musiciens ». C'est absolument vertigineux. C'est un tableau. Ce n'est pas une fresque. Absolument extraordinaire. Ça fait partie de la collection de la reine d'Angleterre. C'est un tableau absolument sublime qui est peint sur bois et qui date du XVe siècle. On voit une grange avec le bœuf, l'âne et l'Enfant Jésus, et ça s'appelle « Le baptême ou les anges musiciens ». Il y a des anges musiciens qui sont absolument merveilleux. C'est inimaginable : il a peint ça quand il était presque aveugle. Presque aveugle. Et quand il a terminé sa vie, il avait, il était, il avait avec lui un jeune homme avec une canne et qui le pilotait pour qu'il ne tombe pas. Avec une canne.

Je lui retire ses chaussures, pose sa canne par terre, l'aide à s'allonger. Puis dépose un baiser sur son front. Quand je pars, il dort.

De retour chez moi, je me mets au piano, comme après chaque visite que je fais à mon père. Je n'ai rien trouvé de plus réconfortant que le côtoiement de la musique.

Plus tard, je me rends sur Google pour chercher le fameux tableau de Piero della Francesca. Je ne trouve rien avec ce titre : « Le baptême ou les anges musiciens ». Mais en élargissant mes recherches, je tombe sur un tableau semblable en tout point à celui qu'il m'a décrit. Et qui s'appelle *La Nativité.*

Quelle drôle de chose que peindre la naissance quand on s'approche de la mort.

Naître, mourir, au fond quelle différence.

« La sombre histoire du passé,
N'excitait guère sa pensée »
Chapitre 1

GRILLE D'ÉTÉ DE FRANCE CULTURE
« Les rencontres insolites de Richard Gaitet »
Jeu et enjeux de l'adaptation

— N'ayons pas peur des mots, Richard : l'adaptation est un meurtre. Il faut tuer le père pour s'approprier son œuvre. Couper, tromper, tronquer, grossir parfois. On fait des choix. Et moi j'ai choisi de transposer le roman à Paris, aujourd'hui. Certains éléments s'en trouvent nécessairement trahis.

— Par exemple ?

— Eh bien notamment :

1. Le duel au pistolet (une bagarre fait l'affaire).

2. Les lettres, que je remplace par des échanges par mail ou SMS, dont on sait le pouvoir si érotisant et les si puissants fantasmes qui peuvent être associés à ce nouveau genre de virtualité.

3. L'univers mondain décrit par Pouchkine, dans lequel évoluent des princes et des princesses, qui me paraît peu représentatif du monde dans lequel s'agitent aujourd'hui les forces du pouvoir – c'est-à-dire essentiellement celui de l'argent et de la représentation sociale, et son corollaire, la renommée – et

que j'ai choisi de remplacer par le milieu artistique et plus particulièrement du spectacle, qui contient en lui-même la synthèse de ces enjeux tout en offrant la possibilité d'une mise en abyme.

— Donc, *exit* le XIXe siècle, la Russie, campagne enneigée, torrent, ours qui rôde, lune blafarde éclairant faiblement les sous-bois, Moscou, ses bals, son vin d'Aÿ ?

— Absolument. L'histoire désormais se passe à Paris. Bitume. Ciel gris. Crottes de chien. Klaxons. Fêtes dans des appartements biscornus, vin rouge, prosecco, chips.

« Préserve ton poète
D'un cœur cynique et endurci
Qu'il ne finisse pas transi
Dans cette mortifère fête,
Dans cette agitation transie,
Dans ce grand vide des soucis,
Des mots qui cherchent à se vendre,
Ce siècle, oui ce tourbillon
Où, chers amis, nous nous baignons »
Chapitre 6

Avec Victoire on est convenues de se voir deux fois par semaine pour écrire notre adaptation. Cet emploi du temps nous laisse le temps d'avancer chacune de notre côté, et de continuer notre quotidien – en ce qui me concerne, d'achever la tournée des *Heures sombres du chameau volant*, créé il y a un an dans un petit théâtre à Paris et qui a rencontré, comme on dit, un *joli succès*. En dépit d'une aventure qui s'est révélée plutôt agréable sur le plan humain et honnête sur le plan artistique et m'a financièrement assuré le recouvrement de mes dépenses, tout cela est resté en somme assez juste ou, pour le dire plus sévèrement, assez médiocre. Mais j'ai signé la tournée depuis longtemps, impossible de ne pas la faire. L'envie ne me manque pas pourtant de me soustraire à ces représentations sur des plateaux défraîchis fréquentés par une horde d'abonnés incultes, lesquels vous disent ensuite que la pièce était « sympa », alors que vous avez sué sang et eau pour extraire de votre corps toute la vérité requise par les mots – des mots auxquels vous ne croyez du reste plus, à force de les avoir noyés dans une énergie vaine – et que dès le lendemain au petit-déjeuner vous devez vous coltiner la farce du bonheur avec vos collègues de travail. J'aimerais savoir : qui prend incidemment son petit-déjeuner avec ses collègues de travail ? Personne. Personne de sensé en tout cas. En attendant, nul ne peut imaginer, à moins de l'avoir vécu, ce que c'est que jouer cette farce, alors que vous êtes en pyjama, que vous avez chaussé vos babouches et que votre haleine est encore pleine du rancissement de la nuit. C'est d'une violence inouïe. Il faudrait s'extraire du groupe. Cependant pour avoir la paix, il vaut toujours mieux participer au jeu, sans quoi vous êtes immédiatement soupçonné d'être triste, dépressif, asocial, snob, pervers, neurasthénique, femme adultère, malade du sida, drogué ou psychopathe. Bref. J'en ai pris mon parti depuis longtemps.

La veille d'un départ pour Toulon où deux dates sont programmées, je reçois un texto d'Ophélie. Elle organise une petite fête. On ne s'est pas parlé depuis un moment. Tout à peu près nous oppose mais une part d'intérêt marchand a toujours guidé nos rapports.

Je débutais comme actrice lorsqu'une amie commune qui n'est pas du métier nous a présentées. Elle commençait comme productrice dans une boîte de cinéma indépendant. Longue, intelligente, drôle, et blonde bien sûr – quand je suis brune comme un corbeau, ce qui m'a toujours confortée dans mon sentiment d'être un pauvre hère –, Ophélie fait partie de l'aristocratie cinématographique puisque son père et son oncle sont implantés dans les hautes sphères de cette industrie.

Comme elle trouvait que j'avais les yeux d'Audrey Hepburn (mais « dans un visage comique », ce qui, chacun en conviendra, ne présente plus aucun intérêt), elle m'avait annexée à une écurie d'actrices et d'acteurs qu'elle confectionnait mentalement et dont elle avait secrètement décidé qu'ils seraient les futures étoiles de demain. Aussi venait-elle systématiquement me voir quand je jouais, m'invitait-elle à des dîners, des fêtes, des projections, espérant faire croître mes ambitions, et créer en retour autour de moi une émulation professionnelle. Je me rendais partout où je sentais que ma présence était souhaitée par elle. J'avais l'impression d'être l'une de ces mini-créatures qui vivent dans une fleur et qu'une main de géant vient cueillir délicatement pour la dévoiler au monde, devant des yeux ébahis par la découverte d'un tel trésor dans une si petite enveloppe. Ophélie a longtemps été ma géante, je me laissais toujours porter, déposer, déporter par sa volonté, et je sentais que la mienne n'avait pas plus de poids que la créature florale que je me plaisais à jouer. Je me reposais sur l'idée qu'un jour ce serait tout simplement mon tour d'être dévoilée. Victoire elle-même ne cessait de me le répéter : il suffit d'une fois, une seule fois.

Un jour, Ophélie m'avait présenté une jeune réalisatrice, Clémence, qui m'avait engagée pour tourner dans son premier court métrage. Nous n'avions pas beaucoup d'expérience de l'image ni l'une ni l'autre, mais jouant souvent au théâtre et depuis plusieurs années, j'en avais plus comme actrice qu'elle comme réalisatrice. Cette expérience, associée au fait que j'étais recommandée par Ophélie, déposée là par sa main de géante, m'avaient donné de l'aplomb sur le tournage et la confiance nécessaire pour affronter cette double mise à l'épreuve : mes aptitudes à l'image et la confiance qu'Ophélie plaçait en moi. Ni le scénario ni le rôle ne présentaient un intérêt fou. Mais en arrivant sur le plateau, je me sentais belle et invincible. À la fin du premier jour, Clémence ne m'avait pas dit un mot sur mon travail, se contentant de dire « action » et « coupez » à chaque prise, lesquelles n'avaient pas été si nombreuses et m'avaient confortée dans l'idée que le résultat, à défaut de lui plaire, du moins lui convenait. C'est en tout cas ce dont j'avais voulu me persuader durant les longues heures d'insomnie qui avaient suivi cette journée, me répétant comme un mantra que tout cela était normal, que Clémence, concentrée sur son travail, n'avait pas le temps de s'épandre en compliments ou en indications, et que de toute façon le propre du cinéma était qu'un grand nombre de paramètres entraient en jeu, comme la lumière, le cadre, et surtout le montage. Sa fabrique à l'étape du tournage ne présageait donc pas du résultat. Vers cinq heures du matin, ne dormant toujours pas, fatiguée d'avoir épuisé jusqu'à l'obsession ce raisonnement qui excluait mon talent de ce que je commençais à pressentir comme un ratage, j'avais fini par conclure qu'au bout du compte, le travail payait toujours et que je trouverais d'autres occasions pour m'améliorer. Je me disais que ce tournage pour chacune faisait partie de ces coups d'essais qui ont le charme de l'aventure et recèlent parfois sans qu'on le devine, le regard d'un metteur en scène, ou la singularité d'une actrice non encore corrigée, cette esquisse qui fait parfois dire plus tard : « Déjà à leurs débuts, on voyait poindre les promesses ! » Bon. Je m'étais endormie sur ces rêves utopiques. Mais dès le lendemain, j'avais clairement perçu chez Clémence de l'irritation à mon endroit. Au bout d'un moment, souffrant de cette incompréhensible absence de retour sur mon travail, entre deux prises, j'étais allée la voir :

— Excuse-moi de te déranger, pardon, je suis vraiment désolée mais... Bon. Je sais que tu es très occupée à vérifier tous les postes sur le plateau, le cadre, la lumière, les scotchs, mais je me suis dit, enfin je me disais que si tu as quelque chose à me dire, des indications à me donner, surtout, n'hésite pas ! Je ne le prendrai pas mal, au contraire. On cherche toujours à s'améliorer.

J'avais dit ça d'un ton léger et dans un sourire que je voulais la traduction de mon professionnalisme.

Un sourire par lequel je m'efforçais surtout de masquer mon orgueil blessé. Clémence parut très étonnée de ma franchise et apparemment dupe sur mes véritables sentiments. Elle n'était pas très intelligente. Aussi me poignarda-t-elle le cœur lorsqu'elle me répondit, sans plus d'égard qu'aurait eu un maître d'œuvre à dire à son peintre en bâtiment que la couleur lui semblait bien posée :

— Non. C'est juste, ce que tu fais.

J'étais mortifiée. La justesse, c'est le pire mot qu'on puisse dire à une actrice. Toutes les actrices veulent être plus, spéciales, différentes, singulières, rares, uniques, extraordinaires. Elles peuvent même dans certaines circonstances souhaiter être moins, ou trop, mais justes, non. Juste, c'est ce travail d'un sage écolier, accompli à l'endroit sonore des mots, et factuel, des actes. Juste n'inspire qu'ennui, fadeur et insignifiance. Cette mortelle transparence que je m'étais mise à redouter.

— Ah ouf, tu me rassures ! m'entendis-je répondre dans un sursaut de mascarade.

Clémence avait souri puis était retournée voir l'équipe technique. Après quelques pas indéterminés, elle s'était arrêtée, avait baissé les yeux puis détourné légèrement la tête, et j'avais vu dans son profil se dessiner un air de perplexité. Revenant sur ses pas à la manière du rusé Colombo, elle m'avait dit d'un air très pénétré que tout bien réfléchi, elle avait l'impression que mon regard « n'était pas vraiment là ».

— Tes yeux regardent dans la bonne direction, je ne dis pas le contraire, mais, comment dire, c'est comme si ton regard venait d'ailleurs, comme s'il était chargé d'autre chose. Je ne saurais pas l'expliquer. Mais sinon c'est bien, c'est… c'est juste.

Et elle m'avait tourné le dos. Définitivement. J'étais assassinée. Sans comprendre alors ce que la remarque de Clémence contenait de vrai, et même, d'une certaine manière, de prophétique.

À la suite de cette expérience, Ophélie a monté sa boîte de production. Est-ce parce que celle-ci commençait à bien marcher et qu'elle avait moins de temps à consacrer aux autres qu'elle venait moins me voir au théâtre ? Ou l'épisode peu concluant avec Clémence avait-il agi comme une infime détérioration de son amour pour moi ? En tout cas j'ai subrepticement senti décroître chez Ophélie l'intérêt qu'elle m'avait toujours porté. Mais à l'égal des puissants dans ce métier qui ont bien compris la portée du temps sur les relations, comment celles-ci s'imbriquent parfois de façon inattendue, disparaissant un temps, puis reparaissant plus tard, un peu comme ces bambous dont les racines creusent des galeries souterraines pour faire émerger beaucoup plus loin une nouvelle plante, robuste, vigoureuse et gorgée de sève, elle avait continué et continuait toujours à m'aimer, beaucoup ou un peu, plus ou moins lointainement, ou par intermittence, dans un second plan possible de la grande fresque de cinéma qu'elle fabriquait à l'ombre de son ambition.

Me voilà, ce soir, moi aussi gorgée d'ambition, prête à reconquérir ma place auprès de ma géante.

Ophélie a toujours le chic pour faire se côtoyer des gens d'univers très variés. Il y a là un auteur de théâtre que je déteste pour ses pauses et ses textes d'un ennui moribond. Il fait partie de ces gens qui poussent d'un coup, propulsés par une forme d'arrogance intellectuelle que l'on tient pour du talent, et qui, vingt ans après, fanent prématurément car l'arrogance s'est muée en cynisme. Il y a aussi une jeune et ravissante danseuse de l'Opéra de Paris, dont la grâce attire tous les regards et qu'Ophélie projette sans doute d'annexer à son écurie du moment – peu importe qu'elle ne soit pas actrice, puisque pour débuter, parfois, la beauté suffit. On trouve enfin des réalisateurs : Arthur, celui sur qui l'on compte, Victor, sur qui on ne compte pas du tout, et Thomas, sur qui on a jadis compté. Vivant mais qui n'existe plus. Exactement comme le docteur Hassin. La formule de mon père convient parfaitement à Thomas. Il y a enfin une scénariste ivrogne, un couple d'architectes et une kyrielle d'autres acteurs et actrices qui, comme moi, sont venus jouer le jeu des mondanités.

C'est Delphine, la scénariste, qui vient m'ouvrir, déjà passablement éméchée. Elle a noué ses cheveux châtains en une grosse couronne autour de sa tête. On dirait un kouglof.

— Hey ! Mais coucou toi ! Mais comment ça va ?

— Bien. Toi aussi ?

— Mais oui, mais tellement !

— Parfait.

— Mais ouais !

Ça peut durer des heures comme ça, des phrases sans lendemain et qui toutes commencent par « mais », sans qu'on sache jamais à quoi ce « mais » s'oppose. Le voilà, le grand vide. Cet enthousiasme sans but ni raison m'aurait immédiatement donné envie de foutre le camp en temps normal, mais pas ce soir. Ce soir, je suis gonflée. De toute façon Ophélie m'a vue. Et elle s'avance vers moi. Ses escarpins Louboutin fendent le salon, puis la grande entrée de son appartement haussmannien. Sur son pantalon en cuir noir elle porte un débardeur beige qui fait trembler ses seins. Ophélie arbore sa féminité comme un cow-boy parade avec son holster. Elle m'impressionne. Comme m'impressionnent tous ceux qui comme elle ont l'arrogance de leur classe et cette certitude de posséder une place dans le monde. Elle fait partie de ces bulldozers qui traversent la vie sans jamais regarder sur les côtés. Elle compte parmi les winners, les rapides, les puissants, capables de comprendre et d'embrasser le monde d'un seul coup d'œil et d'en conclure, toujours, qu'ils avaient donc raison.

Ophélie possède toutes les réponses à des questions que de toute façon elle ne se pose pas.

— Comment tu vas ? dit-elle en retirant mon manteau et en donnant deux baisers distants à mes joues fraîches. Me dis pas que t'es crevée sinon je t'abats.

Sa formule de bienvenue habituelle. Elle part déposer mon manteau dans sa chambre sans attendre de réponse. Tant mieux. Puisque précisément je suis fatiguée – et qu'Ophélie aurait donc une bonne raison de m'abattre – mais bien décidée ce soir à ne pas le montrer. Et à la place, me voici qui ris de façon totalement disproportionnée, un peu pour la flatter bien qu'elle soit déjà loin et un peu parce que je m'épate moi-même de ma nouvelle assurance.

Être fatigué dans ce métier, ce n'est jamais très bien vu. Comme ne pas adorer faire la fête, manquer de combativité ou refuser ce rail de coke que Victor, le réalisateur sur qui on ne compte pas, me propose.

— Non merci.

— Pète un coup ! Ça détend, dit-il en me gratifiant d'un sourire crispé.

— Je te remercie, je suis détendue.

— Bois pas le punch, alors, ajoute-t-il en s'adonnant à un fascinant petit jeu de sourcils. Je ne savais pas qu'il était possible de faire autant de mouvements dans un espace aussi réduit.

— Ah bon ? Pourquoi ?

— Il est plein d'ecsta, me dit-il, ravi, tout en levant et abaissant les épaules en un mouvement hystérique.

Et après m'avoir donné une petite tape sur l'épaule, il ajoute :

— Si jamais tu te fais trop chier, y a un lit dans le bureau d'Ophélie.

Puis Victor repart faire le maître d'hôtel avec son nécessaire posé sur un plateau : pailles, cartes, coke. Un tiercé gagnant pour affronter la jungle.

La fête bat son plein. Les prunelles brillent chez ceux qui discutent en petits groupes. Des cigarettes avidement tirées disparaissent dans l'orifice des bouches et créent des creux anormaux au niveau des joues. Des verres mollement maintenus laissent échapper quelques gouttes qui souillent le parquet, une cuisse, un décolleté. Je me sers un verre de vin rouge et une assiette de chips, et je me mets à évoluer au hasard dans la fête. De temps en temps j'accroche un regard, un morceau de conversation, un éclat de rire. C'est mon endroit. La déambulation, l'observation des autres. Comme toujours au fond, c'est dans cette distance que je me sens confortable. J'aime regarder les autres, les dessiner intérieurement. Je m'installe à mon poste d'observation, la cheminée, quand j'aperçois Thomas, le réalisateur sur qui l'on a jadis compté. C'est un grand et maigre type qui a dû être joli, mais sa physionomie a cessé de s'épanouir en même temps que sa carrière. Les traits de son visage ont conservé une finesse juvénile sur laquelle seul le temps a marqué son passage. Ses rides sont celles d'un célibataire économe. Son regard n'est abîmé par aucune aigreur. Il garde dans les yeux cette bonté qui est un charme à 20 ans et que l'on vous reproche plus tard comme le signe de la naïveté. Son allure entière est celle d'un vieux garçon déguisé en petit page. Je l'aime bien, sans savoir si je m'ennuie à son contact ou si le fait que je discerne chez lui une forte part de désillusion ne me donne pas particulièrement l'envie de le côtoyer. Comme si une intimité plus grande entre nous pouvait m'atteindre et transformer sa désillusion en mon propre ratage : je ne souhaite pas me voir en lui. Pas ce soir.

Il avise mes chips de son index effilé :

— Je peux ? Je dois avouer une petite faiblesse pour les pommes chips.

Il saisit une poignée dans une main, se place à mes côtés de façon à adopter le même point de vue que moi sur la fête, puis commence à mastiquer délicatement sa petite pioche. Entre chaque bouchée, il prend soin de faire disparaître les importunes miettes grasses. Je le regarde du coin de l'œil, ses yeux balaient la salle avec une douceur inaltérée. Est-il heureux ?

On n'a jamais fait que se croiser dans des fêtes et ce que je connais de lui je l'ai appris par d'autres ou déduit de nos conversations. Thomas a tourné à 25 ans un premier film remarqué par la profession entière. Les producteurs s'accordaient sur un talent hors norme. Tous ont voulu signer son projet suivant. Mais Thomas a préféré garder sa liberté, et ne s'est engagé auprès d'aucun. Il a commencé à écrire ce qui allait devenir son deuxième film, dans une solitude où à chaque seconde il se jugeait avec les yeux impatients de ceux qui attendaient l'œuvre à venir avec avidité. La pression de cette attente était trop grande, le poids du fantasme trop lourd. En tournant la tête d'un peuple entier, Thomas avait perdu la sienne. Il n'a jamais réussi à écrire. Petit à petit, les producteurs l'ont moins attendu, puis plus du tout, puis oublié. D'autres n'ont pas manqué d'occuper sa place. Il n'est jamais venu me voir jouer nulle part. Je ne connais pas l'unique film qu'il a tourné. À plus de 40 ans, Thomas vit encore dans une chambre de bonne. Je lui demande s'il va bien.

— J'attends des réponses, dit-il.

Puis il se met à caresser son front tout doucement du bout des doigts.

— Et toi ? reprend-il. Tu joues quelque part ?

— Moi ? J'adapte *Eugène Onéguine*. De Pouchkine. Tu vois ?

Il voit très bien. Il ne l'a pas lu mais en connaît la trame et il a entendu Anna Netrebko dans le rôle de Tatiana, il y a quelques années, à l'Opéra Bastille.

— Tu sais comment est mort Pouchkine ? me demande-t-il. Tué en duel par son beau-frère, qui séduisait sa femme. Quelques années après avoir écrit *Eugène Onéguine* qui met en scène le même combat. C'est fou, non ? Parfois les personnages en savent plus que nous.

Brusquement ses yeux projettent leur petite lueur vers le lointain comme si une conviction venait de l'éclairer.

— Je vais danser, dit-il.

Danser ? Je n'imaginais pas que ce garçon timide puisse avoir des envies de représentation. La scène qui va se jouer m'apprendra que j'avais tort. Seul au milieu du salon, il a fermé les yeux et commence à onduler doucement sur la musique. Tout à coup, il s'élance à travers la pièce, comme si son corps ne lui appartenait plus. Et brusquement un bras s'éjecte dans le vide, puis l'autre, puis ce sont ses jambes qu'il largue dans l'air soudain de façon frénétique. Son buste se met à vibrer en saccades électriques. J'observe cette danse macabre et drôle et je constate que les autres continuent de s'absorber dans leurs conversations sans voir ce corps disloqué qui s'agite et menace de se rompre. Quelque chose cloche dans cette scène que je suis la seule à observer. Et qui me fait rire malgré moi. Sa gestuelle est de plus en plus déboîtée, détraquée. Son public de plus en plus absent.

Ophélie apparaît à mes côtés.

— Tu sais que j'ai signé son film ? me dit-elle.

— À qui ? Thomas ? Ah bon ? Il m'en a même pas parlé !

— Il a peur. C'est pour ça qu'il danse. Sauf qu'il ne le sait pas encore mais je viens d'avoir la confirmation d'un distributeur, qui vient tout à l'heure. Je veux lui faire la surprise. Tu dis rien, hein !

— Mais c'est génial ! Donc son film se fait, maintenant c'est sûr ?

— Ah oui, maintenant c'est sûr.

Nous observons Thomas qui termine sa danse puis disparaît du salon.

— Et toi, ma belle, tes projets ?

La sonnette retentit. Ophélie s'élance vers l'entrée et me plante là, Moitatiana au bout de la langue.

Devant moi, Arthur, le réalisateur sur qui on compte, belle tête d'Indien posée sur un corps mince et musclé. Il fait des films comme il séduit : de façon totalement attendue et plaisant au plus grand nombre. Il n'a pas prévu cette halte avec moi. Et donc rien à me dire, à part :

— Ah salut je t'avais pas vue comment ça va tu vas bien ouais ça va tu veux une coupe ?

— Merci, dis-je en saisissant le verre qu'il me tend. Tes projets avancent ?

— La vie entière est un projet, dit-il avec le même air fat que Clark Gable. Et le projet avance, oui. Et toi ?

Arthur a dans l'œil la satisfaction insolente de l'homme jouissant pleinement d'un monde à son image. Sa plastique et l'usage qu'il en fait reflètent son projet même : celui de consacrer sa vie entière à la reproduction de son modèle d'idéal entrepreneur, dont la vertu principale est de pouvoir dire à l'infini, j'ai un projet, je mène mon projet, ma vie est un projet.

Il me regarde et je vois tout à coup passer sur son visage l'ombre de l'impatience. L'impatience de l'homme qui a un projet. Ses yeux dévient imperceptiblement vers la salle, en coups d'œil rapides et discrets. C'est le moment fatidique dans un échange mondain, celui où votre interlocuteur se lasse de la conversation, soit que celle-ci ne l'intéresse pas, soit, plus fréquemment, qu'il vous préfère un autre interlocuteur, plus intéressant pour ses projets. Mais rien ne peut me faire flancher ce soir devant Arthur. Je lui oppose un large sourire et lâche que je travaille moi aussi sur un projet.

— C'est quoi ?

— *Eugène Onéguine.*

— Ah ! Magnifique. Pouchkine ? Tchaïkovski ?

Outre le fait qu'elle me renvoie à ma propre inculture puisque même Arthur le chef de projet connaît *Eugène Onéguine*, sa question me plonge dans un abîme de perplexité. Que veut-il dire au juste par Pouchkine *ou* Tchaïkovski ?

— Je ne comprends pas ta question.

— Ben t'es chanteuse toi, c'est ça ?

Cette preuve de ma diffraction est si criante qu'elle ne devrait pas me blesser, je devrais en tirer une sorte de victoire, la satisfaction de m'être si peu trompée à mon sujet. Le salon haussmannien s'agrandit pourtant d'un coup. Son chic faussement négligé me rappelle que je n'ai jamais été chic, que je n'ai jamais été moderne. Je regarde autour de moi et soudain je bénis les petites lampes *vintage* qui diffusent savamment sur l'obscurité leur lumière tamisée. Je bénis Ophélie d'avoir suivi le conseil des sites de déco qui prônent ce fameux éclairage ponctuel, éclairage qui n'a d'autre visée que d'atténuer l'accablante et douloureuse clarté métaphysique où l'on se trouve parfois, comme moi à cet instant. Je voudrais rentrer. Mais Arthur veut la suite, il a incliné la tête et il veut savoir si je suis chanteuse. C'est plus fort que moi, l'intérêt qu'il m'a montré m'invite à ne pas le décevoir alors je réponds dans un rire où se complaît une fausse désinvolture :

— Ah non ! Pas du tout ! Je suis comédienne.

Mais brusquement je pense qu'il cherche peut-être une chanteuse pour son prochain film et j'ajoute :

— Mais je sais chanter.

Indifférence totale. Il est clair maintenant qu'Arthur s'est trompé sur moi. Qu'il m'a confondue avec une autre et que l'intérêt qu'il m'a porté a eu pour vocation de dissiper son doute. Dois-je lui rappeler que j'ai passé des essais pour lui il y a à peine deux mois ? C'est la dernière fois que l'on s'est vus. C'était pour une pub pour des yaourts. Il assistait au casting, et je dois dire que c'était tout à son honneur tellement c'est rare. La directrice de casting, une grosse fille blonde au teint vitriolé par le tabac, avait les fesses vissées sur un fauteuil. « T'as des enfants ? » m'avait-elle demandé. Je ne voyais pas le rapport avec les yaourts, mais j'ai docilement répondu que non, je n'avais pas d'enfants. Soudain l'idée m'était venue qu'elle voulait peut-être engager la conversation, alors je lui avais poliment demandé si elle, elle en avait. Elle avait tourné vers Arthur sa face violette et consternée. Debout à ses côtés, il avait posé une main sur son épaule, souri, et laissé s'installer entre eux et moi un silence pesant. Qu'y avait-il de si gênant à avoir posé cette question, si elle avait un enfant ? Puis Arthur m'avait demandé si je pouvais montrer mon ventre. Le ventre. C'était donc ça, le rapport entre les yaourts et les enfants. Ils me fixaient maintenant. Je me rendis compte que je portais une robe. Puis je me souvins du cachet proposé pour la pub : 1 300 euros tournage et droits compris. Mon loyer m'en coûtait 1 000. Et Arthur faisait des films. Lentement, j'avais saisi le pan de ma robe, et l'avais soulevée, laissant découvrir ma culotte Petit Bateau. Serrant les abdos, j'avais espéré prouver que mon ventre n'était nullement abîmé par une grossesse et qu'il était apte à vendre les bienfaits du bifidus actif. On avait fait la scène. Arthur, grand prince, avait proposé que j'improvise si je le souhaitais. « Allez, fais-nous rire. »

Me voici pétrifiée dans ce salon. Je pourrais partir, je devrais partir, comme le font les autres, ceux qui ont l'assurance de leur place et qu'un départ ne les fera pas craindre de la perdre. Mais je reste. Je ne sais pas au juste ce que j'attends. Un dernier sursaut de pitié pour moi-même me pousse à vouloir rattraper la situation. Alors sans y penser, spontanément, je m'écrie :

— Mais je travaille aussi sur mon père !

— Ah bon ?

— Oui.

J'ai repris de la contenance. Je fais tournoyer ma coupe dans une main puis dans l'autre, avec agilité et grâce, ne touchant que le pied ; les bulles dorées miroitent dans les yeux d'Arthur, et dans ce reflet ma coupe prend des airs de trophée. Son regard ne vaque plus, il me fixe avec une incrédulité que j'interprète comme un mystère. Je me sens brusquement pleine. Non de cette indétermination existentielle dont il vient de m'accabler, mais bien, comme lui, comme Ophélie, et comme beaucoup d'autres dans cette pièce, pleine d'un projet, et du fascinant mystère qui l'accompagne.

— Ça veut dire quoi, tu travailles sur ton père ?

— Je ne sais pas encore. Pour le moment je réfléchis.

— C'est quoi le pitch ?

— Le *pitch* ? feins-je de ne pas comprendre.

Il grimace.

— Ça démarre mal. Pour savoir si ton projet tient la route, faut que tu puisses le résumer en une phrase.

— Alors en un mot, commencé-je avec beaucoup de mystère. C'est l'histoire d'un type qui… Enfin. Plus précisément d'un homme, un homme qui…

Je me sens rougir. Atrocement. Je ne sais pas ce qui se passe. Mes mains deviennent moites et j'ai une soudaine envie de chier. Je ne peux pourtant pas planter Arthur en plein milieu de ma phrase. Si je bouge je me chie dessus.

— Un homme qui quoi ?

— Un homme qui… qui… un homme qui meurt.

— L'histoire d'un homme qui meurt ? Mais c'est quoi ça ? C'est l'histoire de tous les hommes !

Arthur n'a visiblement rien entendu de plus drôle depuis des années. Il ne peut plus s'arrêter de rire. Son rire se déploie depuis sa gorge et s'écoule en grosses larmes par le coin des yeux. C'est le rire musclé, tonitruant d'un enfant à qui on chatouille les côtes.

— Et ce sera quoi ? Un poème ? J'écris un poème sur mon père. C'est bon ça ! C'est génial, non mais c'est génial ! répète-t-il à l'infini en étalant le « a » de génial comme une pâte à tartiner trop dense.

Il ne peut plus s'arrêter, des larmes jaillissent maintenant entre les éclats sonores qui rebondissent en échos sur les murs comme des boules de billard. Tout le monde le regarde. Et Arthur s'en donne à cœur joie, prenant à témoin les gens autour qui, sans avoir entendu les paroles, s'amusent de la chanson.

— Jamais entendu un pitch aussi con. C'est géniaaaal ! J'espère que ce sera drôle !

— Drôle ? Oui peut-être que…

— Non je t'arrête tout de suite. Les gens aiment rire. On vit un monde trop dur. Les gens aiment rire et ils veulent rire. Ils veulent rire et ils ont raison. Et tu sais pourquoi ?

— Non.

— Parce que en riant, ils s'évitent une crise cardiaque. Hahahaha !

Le rire d'Arthur me laisse au bord d'un gouffre dans lequel à tout moment je pourrais sauter. Je me sens soudain infiniment triste. Doit-on absolument *pitcher* une histoire en une phrase ? Est-ce que le monde se réduit à quelques mots ? à quelques signes ? Les gens à quelques gestes ? Mais Arthur poursuit comme pour lui-même :

— Les gens aiment rire mais ils aiment aussi être émus. Pour que ça marche, il faut les amener à rire beaucoup pour cueillir ensuite leurs émotions. Une dose de punchline, une dose de drama. Une dose de punchline, une dose de drama. Et ainsi de suite jusqu'à ce qu'ils tombent comme des fruits mûrs dans ton panier qui fait recette. Tu vois ?

Il avale sa coupe et me toise avec des yeux de chatte braisée.

— C'est qui ton père ?

La honte m'inonde comme un torrent.

— C'est personne.

Elle jaillit par les pores de ma peau rougie, pareille à ces eaux usées provenant d'une fuite mal colmatée. Ces fuites qui refont surface, toujours, qui jamais ne passent et laissent sur les murs les traces brunâtres d'une fange malodorante. J'ai 14 ans soudain et je dois expliquer à un garçon qui me plaît que j'ai pour père un homme âgé, un homme qui ne peut pas courir comme moi, un homme dont l'haleine exhale déjà les marques d'un système digestif délabré, qui ne jure que par Bach, déteste les Beatles, ne connaît pas les Stones et s'indigne au « bruit » de Nirvana. Un homme qui fait la sieste parce que son âge l'y oblige, qui vit pauvrement mais porte les rêves d'un seigneur, qui a un métier ancien, un métier qui n'aura jamais la prouesse de la photographie, sa consœur moderne, sa rivale, celle qui le tua et qui tua ses pairs. Un homme qui cohabite désormais avec Alzheimer, une maladie de la vieillesse, cette vieillesse dont je suis issue, cette vieillesse qui dans le monde d'Arthur sera toujours un frein à un bon pitch de comédie. Je m'en veux d'avoir jeté en pâture à l'opacité imbécile d'Arthur l'idée que mon père puisse être un objet marketing, un bon pitch lancé dans un dîner mondain, que sa question « c'est qui ton père » a réduit à l'étiquetage sériel des bons et des mauvais sujets. Il en va de la classification des êtres comme des œuvres artistiques : il faut montrer son efficacité. Être une bonne valeur marchande.

Devant Arthur ce soir je baisse la tête. Et pourtant s'il y a une chose dont je suis certaine, parmi les ombres que j'observe depuis ma fenêtre ou ici dans cette fête, à ma place près de la cheminée, c'est que mon père, derrière son visage de mort, compte son âme parmi celles des seigneurs.

Ophélie nous rejoint. Arthur la gratifie d'une petite tape sur l'épaule et pointe son menton dans ma direction :

— Elle est drôle ta copine. Elle ne le sait pas, mais elle est très drôle. Demande-lui de te parler de son projet.

Puis il file vers d'autres horizons, plus porteurs, sans doute, pour les siens.

— Alors c'est quoi ? me demande Ophélie.

Elle me regarde les yeux brillants. Avec avidité. Je n'ai plus la force de lutter. Je suis anéantie. Je suis venue ici pour la reconquérir. Au lieu de quoi Arthur m'a enterrée vivante. J'aimerais parler de Tatiana. La brandir comme l'étendard de ma dignité retrouvée. Mais je ne peux pas. Quelle est cette comédie que je suis venue jouer ce soir dans ce salon haussmannien ? Cette comédie que je me joue à moi-même, où je me sens dépendre du désir des autres, de leurs regards aimants ou méprisants. J'aimerais pourtant crier ma vérité à Ophélie, la lui vendre. J'aimerais me vendre. Oui. Me vendre. Je voudrais qu'Ophélie valide le succès attaché à Moitatiana. Et qu'elle m'achète. Mais je ne peux pas. Ma vérité reste coincée à l'intérieur. Je me tais, pour ne pas prendre le risque de voir tomber mon rêve. Je me tais, pour ne pas me voir, moi, dégradée par ma propre convoitise, comme lorsque, ado, je transpirais d'admiration dans le silence, pour les autres que je voyais évoluer dans des décors en mélamine. Comme tous les pauvres, je me tais. La dire, ma vie rêvée, ce serait me mettre toute nue dans la rue.

— Alors ? répète Ophélie.

— Oui. C'est un projet d'adaptation.

— D'adaptation de quoi ?

Mon regard se perd parmi les groupes. L'ivresse que je lis dans leurs yeux. Le buffet sur lequel trône le saladier de punch aux ecsta. Et partout, des débris, alimentaires ou humains. Quelque chose m'échappe dans ce moment que je suis en train de vivre et la vérité reste coincée dans ma gorge comme un grand et beau cri que je ne pousse pas. Sur le mur derrière Ophélie, une vieille affiche publicitaire attire mon œil. Une gigantesque truie sourit à quatre porcelets. Au-dessus d'eux, un paquet de « Super Porcibiose ». Alors foutu pour foutu, je prends une large inspiration, me rue tête baissée dans un mensonge et assiste, stupéfaite, au spectacle de ma propre misère.

— Une adaptation contemporaine des *Trois petits cochons.*

Ophélie me regarde avec des yeux de merlan tandis que je jubile douloureusement de ma propre implosion.

— C'est quoi cette galère ?

— Je t'expliquerai !

Revoilà Victor et sa tournée de cocaïne. Il trébuche sur Delphine accroupie par terre qui reçoit la poudre sur la tête et ressemble maintenant à un kouglof glacé au sucre. « Wouah ! Je t'avais pas vue Delph, excuse ! » « Hein ? Quoi t'as dit ? » répond Delphine qui pianote hystériquement sur son portable jusqu'à en oublier les règles simples de la syntaxe apparemment.

Je me dirige vers la chambre pour récupérer mon manteau. Mais les ivrognes affalés à mes pieds me barrent le passage.

Victor dégaine son portable de la poche arrière de son jean – je me demandais bien pourquoi il avait les fesses rectangulaires. « Change rien Delph ! Je te jure, change rien, t'es géniale ! »

Je m'apprête à enjamber les cadavres à mes pieds, mais Ophélie m'arrête, me saisit par les épaules et m'enjoint de ne pas le faire, qu'elle ne les sent pas, mes petits cochons. « Tu devrais plutôt t'écrire un seul en scène, t'es tellement drôle, ça se vendrait mieux ! » « Oui bonne idée, j'y penserai ! » « Ou un spectacle sur ton père, ton père est tellement drôle ! » « Tu as raison, ce serait drôle ! » Victor saisit un cliché du kouglof et de son unique pouce, tapote quelques signes sur son écran avant de les poster sur Insta en ricanant. Je l'observe à mes pieds, ses épaules secouées de petits sursauts témoignent d'une satisfaction bien mystérieuse. Quels mots a-t-il choisis pour illustrer son post ? #cokouglof peut-être. Est-ce drôle ? Non pas tellement. Mais qu'est-ce qui le fait rire, lui, Victor ? Ce n'est pourtant pas si drôle de mener une existence comme la sienne, remplie de vide et de coke ! « Change rien Delph, je te jure, change rien ! » poursuit-il. Et il m'est impossible de dire ce qui le met tant en joie dans ce tableau du désespoir. Je fonce jusqu'à la chambre, talonnée par Ophélie qui continue de me suggérer des idées de projets absurdes. « Une caméra cachée ! Tu saisirais ton père dans ses délires ! Ce serait si drôle ! De toute façon il n'y a que le réel qui intéresse les gens. Le réel, meuf, la vérité ! »

Je traverse les cadavres les uns après les autres. Les acteurs, les actrices, l'auteur, tous ces moribonds abreuvés d'alcool et d'ecsta. Où est mon manteau ? Impossible de le trouver dans ce champ de ruines.

— Il est là ton manteau, dit Ophélie, postée dans l'encadrement de la porte et qui me regarde, désolée.

On se dévisage tandis que j'enfile lentement les manches.

— Tu crois vraiment qu'il n'y a que le réel qui intéresse les gens ? dis-je en m'approchant.

— Je crois oui. Je crois que ce qui se vend, c'est l'intimité.

Elle sourit.

Je souris.

Elle sourit.

Et je sors.

Au moment de franchir la porte, une jeune fille entre, la vingtaine, d'une extraordinaire beauté, teint laiteux constellé de taches de rousseur. Je l'identifie immédiatement : c'est Élise Schneider – la jeune actrice que tous les réalisateurs s'arrachent. Sa chevelure massive, d'un roux spectaculaire, encadre son visage comme une coulée de lave. *Ce fut comme une apparition.*

— Tu pars déjà ? me demande-t-elle.

Impossible de savoir si elle m'a confondue avec quelqu'un, ou si, effectivement, elle voit qui je suis.

— Oui, réponds-je.

Puis, comme pour adoucir une affirmation qui doit sa sécheresse à mon ignorance, j'ajoute avec le charme interrogatif de celle qui se sait irrésistible :

— À bientôt ?

Je suis toujours étonnée que des personnes que j'identifie moi-même très bien me saluent. Il ne m'est tout simplement pas concevable qu'on puisse se souvenir de moi, que je puisse imprimer les mémoires et laisser une trace dans le souvenir. J'en suis tant persuadée que ces signes de reconnaissance me laissent parfois sceptique, méfiante même, à l'égard de ceux qui me les offrent. Mais pas ce soir. Pas devant Élise Schneider. Qu'elle m'ait peut-être reconnue me fait un pansement à la muflerie d'Arthur, comme si sa notoriété devenait un peu la mienne.

Dehors, un vent froid s'est levé. Je m'emmitoufle dans mon caban et prends la route. Peut-être ne suis-je pas actrice. Peut-être ne suis-je qu'un témoin. Celui de ma propre histoire. Une histoire qui commence à se raconter sans moi par une piètre narratrice incapable de dire la vérité. Je marche et, sous mes pas, la question d'Arthur vient heurter mes pensées. *C'est qui ton père ?* Mystère absolu. Impitchable en une phrase.

De retour chez moi, je me mets au lit, je règle mon réveil pour 8 heures, et avant de dormir, je décide de jeter un œil sur Instagram. Sur le compte de Victor, la photo du kouglof avec ce commentaire : #quandtenaspleinlepif.

Quand t'en as plein le pif, c'est la plupart du temps que #tenaspleinlecul. Thomas ne me contredirait pas. Sur son compte, une photo des rails du métro avec ces mots :

« À moi qui n'en pouvais
tout simplement plus
pensez à moi
et à ma dernière guerre des étoiles. »

Comme une conne, j'ai liké. Et pour la première fois depuis des années j'ai dormi sans rêver.

« Le plan, la forme se proposent,
Je cherche un nom pour mon héros »
Chapitre 1

GRILLE D'ÉTÉ DE FRANCE CULTURE
« Les rencontres insolites de Richard Gaitet »
Jeu et enjeux de l'adaptation

— Mais il ne faut pas se méprendre. Si l'histoire est tragique, le roman, lui, ne l'est pas.

— Et à quoi est-ce que ça tient ?

— Au narrateur. L'histoire est racontée du point de vue d'un narrateur à la première personne, qui n'est autre que Pouchkine lui-même, lequel ne fait pas que raconter l'histoire mais partage aussi avec le lecteur ses sentiments vis-à-vis de celle-ci, faisant le lien avec sa propre expérience, et toujours avec la distance d'une tendre ironie.

— Le narrateur est un personnage à part entière, finalement ?

— Absolument. Il est peut-être même le héros ultime du roman. Celui qui est là avant, et qui sera là après l'histoire. C'est son regard particulier, ses interventions récurrentes qui donnent son relief à une intrigue qui par ailleurs est assez mince. Finalement *Eugène Onéguine*, c'est quoi ? Une banale histoire d'amour ratée. Il n'y a pas beaucoup de péripéties, assez peu d'action.

— Il y a un mort quand même !

— Oui tout à fait. Mais c'est d'une certaine manière le point de bascule entre une temporalité et une autre, un état et un autre – des personnages, de leurs rapports, etc. Et sans vouloir offenser ni Pouchkine ni Lenski (rires), cette mort a essentiellement une valeur symbolique dans cette histoire qui est avant tout celle d'Eugène et Tatiana.

— C'est-à-dire ?

— La mort de Lenski symbolise la mort de la jeunesse. La perte des illusions. Dans une œuvre littéraire, tout fait sens, tout fait signe. Tout signale quelque chose. Il y a un projet, une direction, contrairement à la vie qui n'a strictement aucun sens. Dans la vraie vie, les événements qu'on traverse se relient entre eux par un réseau de significations qu'on met parfois une existence entière à découvrir, ou pas. Une œuvre littéraire n'est pas la vie, même si elle en donne parfois l'illusion. Et c'est peut-être d'ailleurs sur cette ambivalence que se fonde l'amour de Tatiana, et en revers, sa déception. Eugène coche toutes les cases des héros de ses romans. En tombant amoureuse de lui, Tatiana est comme précipitée dans les pages d'un livre. Ainsi, quand Eugène l'éconduit, le roman s'arrête brutalement, le fantasme sur lequel reposent tous ses espoirs s'effondre d'un seul coup. C'est le choc avec la réalité. Et peut-être la mort de son roman intérieur la rend-elle plus morte que si elle avait été tuée par balle.

— Hum…

— Je sais ce que vous pensez, Richard. Que j'exagère ?

— Un peu.

— Je ne crois pas. Je crois qu'il existe des morts concrètes moins douloureuses que certaines morts symboliques qui nous percutent. Et pour une raison assez simple : comment continuer à vivre avec une part de soi qui n'existe plus ?

« Seule, elle est seule, plus de doute ! »
Chapitre 7

La soirée me revient au réveil comme un boomerang et cogne les parois de mon cerveau embrumé.

À bien y réfléchir Ophélie aurait eu de nombreuses occasions de m'abattre car j'ai très tôt montré des signes de lassitude existentielle. Je crois précisément que je pourrais la dater d'une nuit que j'ai passée, à l'âge de 13 ou 14 ans, chez une amie. Ses parents étaient séparés et son père, chez qui on se trouvait, vivait à l'autre bout de Paris. Peut-être la distance qui m'éloignait alors des miens, et plus globalement de mon enveloppe quotidienne rassurante, explique en partie le vertige qui m'a saisie cette nuit-là, à la manière d'une brusque effraction. Je fus réveillée par ce que j'ai depuis appris à identifier et résolu de nommer : attaque de la lucidité. Le principe est simple : vous êtes frappé en pleine nuit par une évidence dont la dimension métaphysique vous échappe le jour car la contingence matérielle l'absorbe. Mais la nuit – l'attaque se produit en général vers trois ou quatre heures du matin (il faut donc imaginer un choc d'une effroyable sauvagerie) –

toute la dimension métaphysique vous apparaît, et votre être entier se trouve nimbé de cette sorte de torpeur palpable qu'offrent certaines sensations de l'âme comme la tristesse ou l'effroi. Cette nuit-là, j'ai compris que j'étais seule. Non pas seule dans le lit que j'occupais (celui du bas dans un ensemble superposé), non pas seule dans cette partie de la ville, éloignée de mes parents, de ma chambre, de mon propre lit, non pas seule dans mon corps, ou disons pas uniquement seule de toutes ces façons-là, mais bien seule dans mon âme et surtout dans le constat particulier que je faisais de cette solitude, et qui pour toujours m'interdisait de trouver secours dans le monde extérieur, à commencer par mon amie qui dormait au-dessus et que j'eus soudain une folle envie de réveiller pour lui livrer mon angoisse et ma peine, mais dont je savais pertinemment que les mots, aussi doux et réconfortants pouvaient-ils être, ne me seraient d'aucun secours dès lors qu'ils ne provenaient pas de mes ressources propres, puisque j'avais identifié cette solitude depuis ma chair. Alors l'angoisse monta et, toute la nuit, un cri lancinant venu du fond des ténèbres et long comme la nuit elle-même, profond, semblable à la plainte d'un loup effroyablement malheureux, hurla à mes oreilles mentales pendant de longues heures avant d'irrémédiablement se fracasser contre l'imperturbable silence. Toute la nuit, j'ai manqué m'étouffer, tant était prégnante l'impression d'enfermement qui accompagnait cette invincible solitude. Ce n'est qu'à l'aube que je me suis endormie, vidée de mes larmes qui avaient fini par m'assécher. Bien sûr j'aurais pu dès le lendemain songer au suicide, au petit-déjeuner par exemple, entre le jus d'orange et la tartine de miel, mais cette lucidité nouvelle n'enlevait rien à la joie de vivre qui me caractérisait dans le même temps. J'avais simplement ce savoir supplémentaire, et depuis, ce savoir, dans toutes les circonstances de la vie où il se rappelait à moi, me couvrait d'une chape de plomb que j'assimilais à de la fatigue.

Le lendemain de cette nuit d'éternité, je suis rentrée chez moi épuisée. Mon père était en train de lire *Le Monde* dans l'un de ses fauteuils crapaud. Derrière ses lunettes, ses yeux avaient doublé de volume. Je lui fis le récit de mon expérience. Le sentiment de solitude, l'angoisse, l'impression d'étouffer, et cet effroi palpable qui avait collé à ma peau. Mais ce que ma chair avait compris, je peinais à le restituer avec des mots.

— Tu as connu ta première expérience métaphysique, avait-il conclu d'un ton solennel.

J'étais allée chercher la définition du mot dans le dictionnaire. *Physique*, je voyais à peu près. Mais *méta* m'avait ouvert un abîme plus vaste encore que le trou où j'étais tombée pendant la nuit : *au milieu, parmi, avec, entre, au-delà, après*. Méta, c'est donc tout. L'univers entier.

Qu'est-ce que j'allais faire avec ça ?

Le front collé au hublot dans l'avion qui me ramène de Toulon à Paris, c'est à tout ça que je repense. Une heure de vol où il est question de l'univers. Une heure de temps pendant laquelle il me semble que j'ai fait l'expérience de l'éternité.

À ma descente de l'avion, mon téléphone est saturé. Mon père m'indique en une vingtaine de messages quasiment identiques qu'il part pour Marseille. On a dû se croiser dans le ciel. Parmi les messages, sa gériatre, le docteur F., me demande si je peux l'accompagner à son prochain rendez-vous à l'hôpital, car, dit-elle, elle a à me parler.

« Le bruit des bois nous dit peut-être
Ce qui nous est vraiment perdu. »
Chapitre 7

Grille d'été de France Culture
« Les rencontres insolites de Richard Gaitet »
Jeu et enjeux de l'adaptation

— Qu'est-ce qu'il a de si mystérieux ce personnage ?

— Ce que l'on découvre, c'est qu'au fond Tatiana porte en elle-même les ressources de sa métamorphose. Elle devient ce qu'elle est déjà. Elle ne fait que grandir jusqu'à atteindre ses propres dimensions. Les événements extérieurs l'y conduisent, bien sûr, accélèrent la métamorphose. Mais au fond tout est déjà en elle. Elle est habitée d'un savoir. D'une prescience sur les choses. Elle possède une dimension secrète, une sorte de réserve, qui la met en relation étroite avec des forces occultes. C'est ce que nous apprennent les strophes magnifiques dans lesquelles, bien après les événements – la mort de Lenski, le mariage d'Olga et le départ d'Eugène –, elle se rend à plusieurs reprises dans le manoir d'Onéguine. Là-bas, elle découvre la bibliothèque d'Eugène. On l'autorise à y pénétrer, et pendant plusieurs jours,

Tatiana s'y installe, se met à la place d'Eugène dans son fauteuil, comme si elle voulait adopter son point de vue à lui, et elle commence à lire ses livres. Et surtout, les annotations qui s'y trouvent. En « lisant » Eugène, elle le découvre. Mais ça, ce n'est possible que parce qu'elle est riche elle-même d'avoir beaucoup lu.

— Que voulez-vous dire ?

— Tatiana est riche d'un savoir qui ne s'apprend que dans le côtoiement intime des mots : celui de déceler dans le rapport qu'un autre entretient avec le langage – les mots – ses paysages secrets, ses mesquineries, ou au contraire sa générosité, son intelligence ; ce qui l'anime, le fait palpiter ; ou ce qui ne l'atteint pas. Je vais vous raconter une anecdote, si vous voulez bien.

— Ah ! Des confidences ! Nos auditeurs vont être ravis !

Rires, pause, croisement de jambes, verre d'eau.

— Vers l'âge de 20 ans, j'ai eu une histoire avec un garçon. J'étais très amoureuse mais je le soupçonnais d'une certaine mesquinerie. J'étais en fac de lettres, et lui terminait son lycée, il était en terminale. Il m'avait demandé que je lui prête mes cours et mes dissertations de lettres et de philo, ce que j'avais fait avec plaisir. Bon. Quelques semaines plus tard, l'histoire se termine, nous restons en bons termes, et moi, j'oublie complètement mes cours et mes dissertations. Fréquentant la même bande d'amis, nous sommes amenés à nous revoir régulièrement. Des années après, je repense à ces dissertations, je suis curieuse de les relire et je me rappelle alors que je les lui ai prêtées. Je lui demande de me les rendre, mais il m'explique qu'il a tout jeté, lors d'un récent déménagement. Il me dit ça d'un ton d'évidence, remettant en cause la légitimité même de ma question. « Ah noooon, j'ai pas gardé ça, j'ai tout jeté ! » Je suis estomaquée, mais je ne m'en rends pas compte immédiatement. Il me faut quelques heures, peut-être même quelques jours, pour comprendre la violence de son geste – et aujourd'hui encore, je ne m'en suis pas remise. À l'époque, j'ai tenté de me mettre à sa place : il déménageait d'un vaste appartement pour un plus petit, il devait trouver le moyen de se débarrasser de choses peu essentielles, il n'avait pas le temps de trier, pas de temps tout court, à perdre dans ce déménagement qui n'était sans doute au fond qu'une formalité pour lui. Pourtant, j'avais beau tourner et retourner la situation dans tous les sens, rien ne justifiait qu'il ne m'ait pas proposé de les récupérer. Rien. Je rappelle qu'on se voyait régulièrement, un petit coup de fil aurait suffi pour que je me déplace, ce n'était vraiment pas un gros effort à faire. C'était même en réalité la moindre des choses. Rien ne justifiait donc qu'il ne l'ait pas fait, en dehors de la nature même de son âme. Ne pas imaginer que les mots que j'avais pu écrire des années avant, qui étaient par conséquent une trace de ce que j'avais été à une époque par essence passée et perdue pour toujours, ne pas imaginer que ces mots puissent avoir pour moi de l'importance – ou peut-être pire, l'imaginer mais le négliger, considérant que c'était pour lui sans intérêt, sans valeur – racontait son propre rapport aux mots et au monde. C'est là que j'ai compris ce que j'avais soupçonné, le sens de sa mesquinerie, qui était de n'accorder aux choses de l'intérêt que lorsqu'elles lui étaient utiles. Car en effet, qu'aurait-il fait de ces rédactions ? À supposer qu'il les ait lues à l'époque où il me les avait demandées, allait-il les relire ? Certainement pas. Quelques idées et mots jetés sur des pages quadrillées au format A4 n'avaient aucune utilité pour ce garçon qui, je m'en rendis rapidement compte, n'avait pour le monde qu'une ambition de façade, une ambition de commerce.

— Mais vous-même, qu'en auriez-vous fait ?

— Je les aurais relues. Peut-être n'étaient-elles pas intéressantes, peut-être étaient-elles juste un exercice scolaire réussi ou raté, je ne me souviens plus. Mais je suis convaincue que mes rédactions contenaient aussi, en creux, plus discrètement, le vrai sens de ma vie, puisqu'elles renfermaient la trace la plus puissante et la plus invisible de mon existence : comment je pensais.

— C'est ce que Tatiana découvre dans les livres d'Eugène ? Son âme ?

— Très exactement. Les notes d'Eugène et même ses lectures parlent pour lui, le racontent : « Partout son âme parle au vif. » Et petit à petit, ce qu'elle découvre, c'est un type très banal. Et pire encore : « Qui est-ce ? Une ombre insignifiante./ Une copie. Un rien du tout. » Il y a de quoi déchanter !

— Peut-on dire de Tatiana, au fond, qu'elle ne porte pas de masque, comparativement à Eugène ?

— Absolument. Tatiana ne triche pas. Elle ne joue pas. Quand elle se donne à lui, elle est entière et sincère. Elle le dit d'ailleurs :

« Je vous écris, quoi d'autre à dire ?
J'ai tout dit si je vous écris.
Je sais cela peut vous suffire
À me punir par le mépris. »

Elle est dans une confrontation sans filtre au regard de l'autre, et s'expose au mépris d'Eugène en le sachant. C'est inconfortable, de ne pas porter de masque.

— Cela fragilise ?

— En apparence, oui. En réalité c'est en portant un masque qu'on se fragilise, qu'on se prive d'une communication sincère avec les autres. Tatiana, elle, possède au contraire une force, qui est la clé de sa métamorphose. Elle ne le sait pas, mais elle recèle la source de son propre jaillissement.

— Hum.

Verre d'eau. Temps. Pause.

« Quand l'horizon du roman libre
M'apparaissait encor si mal
Au fond du globe de cristal. »
Chapitre 8

Depuis la proposition de Victoire j'ai lu et relu le roman, et beaucoup réfléchi à la manière de répondre à son envie de faire du texte de Pouchkine une comédie. Décidément les gens veulent rire coûte que coûte. Je repense à Arthur, à ses punchlines. Mais qu'est-ce que ça veut dire ? Je n'ai jamais compris, l'humour creux comme une falaise. Ophélie a raison, les gens aiment rire de la vérité, pas des bons mots qui s'écrasent au fond du précipice et ne vous apprennent rien sur l'existence. Pendant que je marche vers le métro Anvers pour rejoindre Victoire, une petite ébullition se produit dans mon cerveau, encore assez nébuleuse. Tout est clair et tranquille, le soleil dessine des ombres franches sur le sol. Les arbres et toute la verdure du jardin de Montmartre livrent leurs camaïeux de verts dans une vivacité primitive. On entend le son du raclement d'un balai qu'agite dans le caniveau un balayeur avec une régularité hypnotique.

Mes pensées naviguent entre le salon haussmannien et ma réflexion sur le texte de Pouchkine, entre l'envie qu'a Victoire de faire de cette triste histoire une comédie, et ma propre déconfiture chez Ophélie. Mes pensées tournent et se retournent, s'entrechoquant comme des légumes dans mon mixeur mental, et je sens que je suis en train de préparer une soupe. Une bonne grosse soupe pleine de punchlines et de promesses de rire gras. Les gens veulent rire ? Ils vont rire. Car le mixeur s'est arrêté brutalement et une idée monstrueusement géniale en est sortie : le narrateur sera sur le plateau. Et il ne fera pas que raconter l'histoire, il agira sur elle. Ce sera un personnage à part entière, incarné au plateau, qui manipulera les autres comme des marionnettes. Un Dieu au don d'ubiquité qui saura tout des personnages, où ils vont et pourquoi, et qui s'y rendra avant qu'eux-mêmes n'y aillent. Qui connaîtra leur chute avant qu'ils ne tombent. Parce qu'ils tomberont. Ils tomberont comme je suis tombée.

Le voilà, mon narrateur, sautillant sur le plateau, virevoltant, apparaissant là où on ne l'attend jamais, sorte de Génie d'Aladin dans le film de Disney, prêt, à tout moment, à faire éclater au grand jour la sombre vérité. Il n'y a pas de raison que la tragédie ne se joue que pour moi. Les personnages de Pouchkine assisteront eux aussi au spectacle de leur propre misère. Et cette tragédie aura des airs de farce.

Je suis en transe. Dans cet état de compréhension magique qui fait s'écouler les pensées comme l'eau limpide d'une rivière. Cet état de concentration extrême, lorsque les pensées s'échafaudent en une structure si fragile que la moindre intrusion menace de la faire écrouler. Comme Betsy, que j'aperçois soudain à quelques pas de moi, et dont je reconnais immédiatement la silhouette arrimée à son cartable-carapace. Je m'étonne de la voir à cette heure. L'école doit être déjà fermée. Je la regarde marcher le long de la grille en contrebas du jardin de Montmartre, de ce côté qui longe la rue Ronsard. Ses pas, courts et rapides, semblent guidés par une nécessité intérieure forte, chacun de ses petits pieds bleus se positionnant à tout de rôle dans l'exact prolongement de l'autre. Elle a ce pas décidé et buté des enfants renfrognés dans une colère mutique. Depuis une fenêtre, un perroquet éructe quelques mots inaudibles.

— Silence l'oiseau ! crie-t-elle. Tu vois pas qu'on réfléchit !

Elle m'a ôté les mots de la bouche.

Betsy presse le pas et infléchit la tête vers l'avant. Je me mets à marcher plus vite pour rattraper mon jeune spectacle. Mais plus j'accélère ma cadence, plus Betsy presse la sienne, de sorte que je me demande si elle ne se sent pas suivie. Au moment où elle contourne le parc, j'aperçois son profil et son petit visage grave et volontaire, plein de larmes. Je me rue à sa rencontre.

— Tu ne vas pas à l'école ?

— Je suis en retard.

— C'est pour ça que tu pleures ?

Betsy me fusille du regard, essuie sa morve d'un revers de manche, puis s'élance vers la place Suzanne-Valadon, en direction de son école.

« Voilà encore une seconde,
Ce cœur était empli d'un monde. »
Chapitre 6

La rame ligne 2 en direction de Nation est vide. Je pose mon front sur la vitre et regarde défiler les immeubles. Mon téléphone vibre. C'est Ophélie. J'ouvre le message, trois mots absurdes s'y affichent : « Thomas s'est suicidé. » Ça ne veut rien dire. Je relis le message d'Ophélie vingt fois. *Thomas s'est suicidé.* Mes yeux ne parviennent pas à se détourner de l'écran. Je suis abasourdie. Je le revois danser et je me revois rire. Je me vois rire regardant Thomas, et les autres ne rien voir ni ne rien regarder. Je repense à ce jeu de regards et je me demande si Thomas lui aussi se croyait invisible, si Thomas avait tellement eu peur de disparaître qu'il avait préféré manigancer sa propre disparition.

Dans la rue, le monde me parvient d'une très étrange réalité. Le rythme des voitures paraît ralenti. Les bruits, détraqués. Comme ces berceuses des boîtes à musique cassées dont le son biscornu nous effraie parce qu'il semble dire d'un ton menaçant que l'enfance a passé.

Hagarde, j'entre dans le café et m'assois à la même table que la dernière fois, sur la banquette en skaï rouge. Un miroir derrière moi se reflète dans un autre qui me fait face. Je me vois, petite image encadrée à l'infini dans la façade miroitante. Qui sont tous ces petits moi qui me scrutent ? Je repense à Thomas, à ce qu'il m'a dit quand on s'est vus chez Ophélie. « J'attends des réponses. » Son film allait se faire, enfin ! Il le savait ! Mais l'attente l'avait trop abîmé. C'est l'ironie ultime du créateur quand il est confronté aux lois marchandes : le désir s'assèche d'avoir trop attendu.

D'un coup de hanche, Victoire pousse la porte du café. Son entrée est explosive. « Je peux plus te parler là, j'arrive à un rendez-vous. Oooook. Biiiiiisous. » Elle raccroche, radieuse, et se dandine dans ma direction. Son expression bascule.

— Eh ben, qu'est-ce qui va pas mon chouchou ? dit-elle en s'asseyant. T'as l'air au bout du rouleau.

— Tu connaissais Thomas Langres ?

— Langres ? Comme le fromage ?

Elle rit.

— Pardon. Non je ne sais pas qui c'est. Il est sympa ? Il sent bon ? Une chance qu'il ne s'appelle pas Époisses. Ou Maroilles. Pardon. Je suis vraiment désolée. Pardon mon chouchou. C'est qui ce Thomas… heu… Thomas…

Elle ne peut pas prononcer le nom. Elle est au bord du fou rire. Je n'ai jamais vu Victoire se retenir de rire de cette façon d'une blague d'elle-même. Un petit souillon qui n'en peut plus d'être aussi drôle.

Je me mets à rire moi aussi. Et je me dis que c'est merveilleux d'avoir une amie avec qui l'on rit. Et avec qui l'on rit malgré la mort des autres. Puis je lui raconte Thomas, son suicide, son attente abîmée, le secret de ses espérances tombé dans l'oubli pour toujours.

— C'est atroce, dit-elle.

Maintenant elle arbore un air grave. Elle a ce sérieux des enfants qui ont compris très tôt une chose très grave et qui la portent précieusement en bandoulière parce qu'on ne se débarrasse pas facilement des gros petits poids de l'existence.

— C'est atroce, répète-t-elle, désormais chargée comme un petit ânon.

Et je me dis soudain que Victoire elle-même est une enfant.

Puis je lui raconte mon idée. Mon idée concernant le narrateur. Victoire écoute attentivement. Sans un sourire. Je la connais, je sais qu'elle approuve. L'absence de sourire est sa manière d'approuver. Elle a ce sérieux lorsque les choses l'intéressent, une manière d'être concentrée, rassemblée à l'intérieur d'elle-même. Mon pauvre petit hère, me dis-je soudain, sans savoir pourquoi. À la fin de mes explications, elle prend un temps, me considère gravement avant d'annoncer :

— Je préférerais que ce soit Mushu plutôt que le Génie d'Aladin.

— Mushu ? dis-je sans comprendre.

— Oui. Mushu. Le petit dragon dans *Mulan*. Il est encore plus drôle.

« Qui donc aimer dans cette faune ?
Qui ne nous trahira jamais ?
Quêteur fiévreux d'un spectre blême
Aimez – vous savez qui ? – vous-même ! »

Chapitre 4

GRILLE D'ÉTÉ DE FRANCE CULTURE
« Les rencontres insolites de Richard Gaitet »
Jeu et enjeux de l'adaptation

— Il y a un mystère autour de Tatiana. C'est son prénom.

« C'est un prénom plaisant, il sonne (nous dit Pouchkine),
Mais quoi, jamais il n'abandonne
Les souvenirs des temps anciens
Ou des servantes… »

— Il veut dire par là que c'est un prénom qui n'a pas sa place en littérature, en somme ?

— Oui en gros. Mais ce qui m'interpelle, ce n'est pas tellement ça. C'est plutôt ce que fait résonner ce prénom. Deux choses. La notion d'ancienneté, d'abord. Ça, ça fait sens, en ce qui concerne Tatiana : on ne trimballe pas autant de morts à l'intérieur – je veux dire, de littérature, d'histoires consignées et mises sous cloche depuis et pour l'éternité – sans en vieillir un peu soi-même. Les livres nous habitent comme un grenier. On vit avec eux comme avec notre mémoire : en portant, l'air de rien, des siècles, un peuple, des continents. Mais la servitude… C'est plus mystérieux. Au service de qui Tatiana œuvre-t-elle ?

— D'Eugène ? D'un ordre moral ? De son mari ?

— Je fais le pari que c'est d'elle-même.

« La vie n'est pas jolie-jolie
Quand on descend dans la vieillesse... »

Chapitre 7

De façon un peu sommaire, j'avais imaginé qu'une gériatre ne pouvait qu'être vieille et austère, portant de ces tailleurs gris ou marron ou de cette couleur fécale qui est un mélange des deux, avec des bas couleur chair foncé et des mocassins à semelles compensées. Bref, les vêtements d'une vieille fille qui aurait dû prendre acte de son peu d'attrait naturel en se résignant à travailler auprès de personnes qui ne lui en auraient pas tenu rigueur. Les préjugés ne nous quittent pas. Une fois j'avais été stupéfaite de rencontrer une dermatologue qui avait le visage criblé de cratères. Le moins qu'on pouvait dire était que ce n'était pas très *vendeur*. C'était oublier qu'une part de notre identité se construit sur nos tares et nos ruines. Comme ce Docteur Hanus qui, afin de sortir du ridicule où son nom l'avait jeté, avait opté pour la politique de la fatalité en choisissant de devenir coloproctologue. Ou bien encore le docteur Lebrec, ce psychiatre qui avait sorti Ophélie d'un épisode de burn-out il y a quelques années, en lui préconisant un *break* bien senti. Je pourrais citer comme ça une flopée d'exemples, qui tous me conduiraient à formuler la même pensée : il ne sert à rien de contourner la vérité. Elle nous précède, et finit toujours par s'imposer.

Contre toute attente, donc, je vois apparaître à la porte de la gériatre une femme d'une cinquantaine d'années extrêmement jolie et joviale, très chic. Au cours de l'entretien je me rendrai compte qu'elle est en fait totalement alcoolique. Comme quoi, ma logique demeure : si vous ne pouvez défier la fatalité, c'est elle qui tôt ou tard vous oppose sa loi. Ici, la dépression ou l'alcoolisme que les gériatres subissent au contact répété du naufrage de la vieillesse.

— Ah, me dit-elle en me serrant la main avec chaleur, je suis contente de faire votre connaissance, votre père me parle souvent de vous. Entrez !

Elle maintient la porte pour nous laisser passer. Mon père m'a précédée dans la pièce sans un mot. D'un signe de la main, la gériatre m'invite à m'asseoir à son bureau, referme derrière elle et regagne sa chaise. Elle ajuste devant elle une pile de papiers puis jette un œil en direction de mon père.

— Et vous monsieur, comment allez-vous ?

— Oh, répond-il d'un ton détaché. Ça va, ça va. Mais enfin de toute façon je ne vais pas rester ici.

— Ici, vous voulez dire à la Maison des Artistes ?

— Naturellement. Je ne reste pas une seconde de plus.

Le docteur F. lève son nez de ses papiers et me considère drôlement. Elle a une paire de sourcils tout à fait spectaculaire, d'une intensité qui m'effraie un peu. Mon père nous rejoint et assoit une seule de ses fesses sur une chaise à mes côtés, se tenant ainsi prêt à décamper.

— Alors ? Qu'est-ce qu'on fait ? dit-il comme si la situation ne le concernait nullement.

— Voulez-vous me dire quel jour nous sommes monsieur ? reprend-elle.

— Oh ! Vous n'allez pas recommencer. On a déjà joué à ce jeu la dernière fois, vous savez bien que ça ne m'intéresse pas du tout. Et puis ça ne présente aucune espèce d'importance. Lundi, jeudi, c'est la même chose.

— Tu ne sais pas quel jour on est ? dis-je timidement pour l'encourager.

— Tu me demandes de me souvenir des détails du calendrier. Mais ça ne m'intéresse pas du tout !

Il soupire. Puis me regarde avec les yeux de la bonté perdue. Ces yeux que pose un parent sans argent devant une requête matérielle de son enfant, et qu'il adresse autant à son petit qu'à son propre cœur, afin que l'amour s'y attendrisse plutôt que la raison ou la nécessité.

— Jeudi, dit-il d'une toute petite voix. Nous sommes jeudi. Ça va comme ça ?

— Ça me va parfaitement, répond la gériatre.

Mon père semble soulagé. J'ai alors la conviction qu'il a tenté jeudi au hasard et qu'à ce jeu, il a été chanceux.

— Avez-vous parlé à votre fille de vos hallucinations ? reprend-elle.

— Mes hallucinations ? Qu'est-ce que vous me chantez là ?

— Je parle des visions qui vous réveillent la nuit. Vos tableaux… vous vous souvenez ?

Mon père tourne son visage vers moi comme s'il venait de se rappeler une image merveilleuse.

— Ah oui ! C'est extraordinaire ma bichette. Tu sais que j'ai eu des phénomènes hallucinatoires très performants ?

— Ah bon ?

— Ah oui très très performants !

— C'est-à-dire ?

— Eh bien je me suis fait littéralement attaquer par mes tableaux. Les personnages étaient au plafond je crois, et ils me persécutaient avec des poignards. Tout un tas de personnages, des femmes, nues je crois, qui sortaient de mes tableaux et qui me lançaient des poignards. Extraordinaire ! J'ai tout noté.

— Vous voyez ? dit la gériatre, victorieuse.

— Incroyable en effet.

— Vous avez oublié de mentionner autre chose, monsieur, poursuit-elle.

— Quoi donc ?

— Eh bien il y avait aussi des Japonais.

— Des Japonais ? Mais qu'est-ce que c'est que ces salades ?

— Vous m'avez pourtant parlé de Japonais…

— Mais pas avec les poignards !

— Enfin les Japonais étaient dans vos pensées, non ?

— Mais ce ne sont pas des hallucinations, c'est la vérité !

— Je vais adapter le traitement de votre père, mademoiselle. Son état s'est considérablement aggravé.

Mon père se lève, patriote avec sa canne, et déambule dans le bureau à la recherche de rien, avant de s'affaler sur un canapé en cuir. Un flot de compassion jaillit des yeux du docteur F., puis à son tour elle se lève et se tourne vers un petit meuble derrière elle en faux noyer. Je l'observe et je la vois effectuer des gestes précis et discrets. Elle sort un verre et une vasque et se verse un peu de liquide, qu'elle boit d'un trait. Quand elle se rassoit, ses yeux brillent et son haleine exhale une odeur de whisky.

— Ça vous soulagera beaucoup monsieur, vous verrez. On va supprimer les hallucinations angoissantes.

Il ronfle.

Le docteur F. m'explique que la maladie d'Alzheimer avance par paliers, que mon père en est à un stade assez avancé de la maladie, que tôt ou tard, en plus de sa mémoire immédiate, il sera privé de la mémoire de son passé, et que petit à petit, c'est inéluctable, le champ de son existence se rétrécira dans une sorte d'abolition de son individuation. Que la seule chose que l'on peut faire, c'est d'être le plus possible à ses côtés, de l'entourer d'une tendresse tactile qu'il ne sera plus capable de donner tout en y demeurant sensible.

— Il faudra vous armer de courage, mademoiselle. Les malades d'Alzheimer nous laissent, nous les personnes valides, dans le vide d'une impuissance à vivre, leur effondrement identitaire supposant qu'ils sont en quelque sorte déjà morts avant d'être enterrés.

Je hoche la tête pour signifier que je prends la mesure de cette tragédie. Elle poursuit.

— Il faut vous attendre aussi à ce qu'il ne vous reconnaisse plus, mademoiselle. Et qu'il oublie jusqu'à votre prénom.

J'ai envie de lui dire que de toute façon je suis depuis longtemps devenue virtuelle. Mais je m'abstiens et la remercie chaleureusement pour ses encouragements et ses conseils. Nous nous levons de conserve pour mettre un terme au rendez-vous. Tout ce temps, mon père s'est assoupi dans le canapé. Je m'apprête à le rejoindre quand brusquement je me tourne vers la gériatre qui se sert un nouveau verre.

— Je tiens à préciser que mon père est en effet en affaire avec un grand groupe financier au Japon, Le Takeshida Shimatoku... Vous connaissez sans doute ? Bref. C'est un très gros fonds d'investissement qui s'apprête à acquérir un certain nombre de ses toiles afin d'enrichir les collections particulières de ses musées nationaux. Un article est paru récemment dans *La Gazette des arts*, et qui a fait grand bruit. Je vous en ferai porter un exemplaire si vous voulez, une autre fois. Ainsi que le catalogue de sa future exposition au MoMA et...

Un grand vide passe dans les yeux du docteur F. Elle siffle son verre d'un trait puis tout en donnant ce petit à-coup final qui consiste à renverser la nuque en arrière, comme quand on avale une pilule récalcitrante :

— Eh bien écoutez, parfait pour les Japonais. Votre père, en tout cas, m'est très sympathique !

Je me demande ce qu'elle croit de mes élucubrations. Rien sans doute. Moi-même je ne sais pas pourquoi j'ai menti. Pour voir.

— Alors ? Qu'est-ce qu'on fait ? demande mon père en se levant d'un bond.

— On va déjeuner ! dis-je gaiement.

Le docteur F. s'approche pour saluer mon père, puis pour me saluer avec beaucoup de commisération, pinçant ses lèvres et battant lentement des paupières tout en hochant la tête en de petits mouvements qui la font ressembler à ces chiens articulés qu'on trouve parfois sur les plages arrière des voitures. Je ne sais pas trop comment réagir, alors je fais comme elle, ce qui paraît beaucoup lui plaire.

Nous regagnons la sortie et, au moment de fermer derrière moi, j'aperçois la gériatre à son meuble, qui se sert discrètement une nouvelle rasade de whisky.

« Tania est comme dans un rêve,
Ne comprend rien, non, n'entend rien,
Et, ce secret qu'elle a, le sien,
Trésor de joie, larmes sans trêve,
Elle le garde protégé,
Et ne veut pas le partager. »

Chapitre 7

Après plusieurs tentatives dans divers parcs de Paris, le jardin du Luxembourg a été élu à l'unanimité par Victoire et moi comme étant le meilleur, le plus vivifiant, le plus pratique pour travailler. On entre par la rue de Vaugirard et on commence à marcher dans les allées qui partent du Sénat et entourent le grand bassin. Tout en tournant, on discute de nos idées, et nos idées tournent à leur tour autour du bassin et ça fait de grandes lianes que l'on s'efforce de suivre et parfois de démêler car elles vont très vite et parfois bien plus vite que nous, alors on est obligées de leur courir après. De temps en temps, on s'assoit pour noter quelque chose ou relire un passage. On prend alors place sur les fameuses « Chaises Luxembourg » qui sont les gardiennes du bassin, et les idées nous suivent à la vitesse du fil d'aspirateur qui se range comme un petit soldat au garde-à-vous après qu'il a été étiré. Une fois qu'on a tout aspiré, tout noté, on repart. On s'enfonce dans les sous-bois, à l'ouest, là où le vert est plus touffu, et on marche jusqu'aux aires de jeux des enfants, qu'on observe. On se demande lequel d'entre eux est un futur Eugène, une future Tatiana, un possible Lenski. On s'interroge mutuellement sur le personnage auquel chacune s'identifie le plus. « Aucun ! dit Victoire. Et toi ? » « Moi ? Tatiana ». « Ah oui, c'est vrai ! » dit-elle chaque fois, comme si elle l'oubliait puis le redécouvrait éternellement. Et l'une de ces fois, son amnésie me terrifie. La proposition qu'elle m'a faite de jouer le rôle de Tatiana s'est-elle effacée ? A-t-elle disparu dans le néant des jours qui passent ? J'en viens à douter qu'elle m'ait fait cette proposition. Je pourrais lui en parler. Je devrais lui en parler. Je ne le fais pas. Je crains de voir tomber le rêve. Je crains le contact avec la réalité. Les désirs formulés ne se réalisent jamais. Un acteur doit rester cette coquille vide, qui désire dans le secret de ses espérances et ne doit rien montrer sous peine de devenir indésirable. Alors j'enterre mes désirs. Je les ensevelis sous les multiples couches de mon cœur, là où se trouve ma vérité, là où se trouvent mes rêves de gloire. Et ce jour-là, je m'accroche au pouvoir performatif des mots. Moitatiana.

Quand une nouvelle scène émerge du bouillonnement de nos pensées, on s'assoit en terrasse de la Table du Luxembourg, où on tapote joyeusement sur nos claviers le premier jet de ce qui s'est élaboré sous les arbres. On commande alors respectivement un Earl Grey pour elle et un grand crème pour moi. C'est à ce moment précis de l'une de nos séances habituelles qu'un matin Victoire m'annonce qu'on lui a proposé de mettre en scène une pièce de Noël Coward. Une grande comédie romantique qui réunira sur scène un couple célèbre dans la vie, Paul Reiss et Lydie Klein – deux ringards patentés comme je lui fais remarquer – mais qui, rassemblés à l'affiche d'une pièce inédite du grand auteur anglais, deviennent « un coup fumant », selon les mots que Victoire ne se prive pas d'emprunter à mon père avec malice.

Il a fallu cette expression pour que Victoire s'éloigne de moi. Un tout petit peu. Une imperceptible distance s'est creusée : elle a franchi un seuil que je n'ai pas encore trouvé sous mes pas. Et ce que je ressens en tout premier est une piqûre. La piqûre d'une minuscule mouche des sables. On se gratte instantanément et il n'en reste rien. Tout de suite après, je la félicite, mais du bout des lèvres, tant je méprise les raisons pour lesquelles elle accepte de faire ce projet et qui ne me paraissent pas arriver à la cheville de la montagne que nous sommes en train de gravir. Tant je m'en veux, aussi, de ressentir de la jalousie à l'égard de personnes pour qui je n'ai pas la moindre estime – le drame de la jalousie étant de se manifester surtout à l'égard de gens qu'on n'admire pas.

— J'hésite encore, dit-elle. Si je le fais, j'ai plus le temps de rien. On va pas se mentir. La première du Coward c'est le 26 août. Ça veut dire répétition du 10 mai au 30 juin, puis à partir du 10 août jusqu'à la première. Le 10 mai c'est dans un mois et demi. D'ici-là…

Victoire n'hésite donc pas du tout. Elle connaît même son planning de répétitions par cœur. Le producteur, « trop bête » selon elle, la harcèle quotidiennement par téléphone pour lui parler scénographie, costumes, salaires et commissions d'agent, et pour lui proposer des acteurs dans tel ou tel rôle, en particulier dans celui de Raoul, pour lequel il fait montre, d'après elle, d'une obnubilation invraisemblable.

— Qui est Raoul ?

— Un chien.

— Y a un chien dans la pièce ?

— Je sais. C'est un boulet.

Si même le casting du chien Raoul la préoccupe, c'est qu'elle a déjà dit oui. Un grand vide passe dans ses yeux. Elle commence à tapoter nerveusement la table du plat de la main, comme si elle exigeait qu'une réponse lui soit instamment apportée. Une sorte d'impatience l'a saisie. L'impatience de ceux qui ont un projet. Victoire me regarde d'un œil interrogateur. Elle a dû me poser une question et je ne l'ai pas entendue. Un brouillard s'est installé entre mon esprit et ses paroles, entre le son de sa voix et mes oreilles. Entre la fiction où je passe ma vie et le réel qui m'entoure et menace à tout instant de me gifler. Je suis restée sourde à sa question, et maintenant qu'elle la répète, j'en suis stupéfaite. Un certain nombre d'informations auraient dû mobiliser mon attention. Une, surtout, qui vient de m'érafler de sa petite lame tranchante.

— Tu connais une actrice rousse qui a un nom et qui pourrait jouer la fille de Paul Reiss et Lydie Klein ?

Je répète « qui a un nom » comme si ce point-là n'avait pas plus d'importance que la rousseur ou la vraisemblance de l'âge. Puis je lui tends machinalement *Libération* que j'ai acheté quand j'ai reconnu Élise Schneider en quatrième de couverture, la jeune actrice rousse à la beauté surréaliste que j'ai croisée l'autre soir en sortant de chez Ophélie. Une interview la consacre à l'occasion d'un premier grand rôle au cinéma. Victoire s'en empare avec avidité.

— C'est qui cette gringa ? Marlène Jobert ?

— Non. Élise Schneider. Je crois qu'elle est très bien. Tu peux peut-être l'auditionner ?

Un petit blanc suit cet échange dont nous ne savons quoi faire ni elle ni moi. Puis son visage s'éclaire brusquement.

On peut avancer parallèlement, mais c'est beaucoup plus difficile si une jambe est boiteuse. Je ne saurais dire à ce stade si c'est la mienne ou celle de Victoire, mais un déséquilibre est en train de bouleverser notre marche. Elle poursuit.

— Bon écoute. On va pas se mentir. Je voulais pas en parler tant que c'était pas certain, tu me connais, je suis un peu superstitieuse… Mais si je fais le Coward, j'aurai plus le temps pour l'adaptation.

— Et ?

— T'es comment toi ces temps-ci ? T'as du temps ?

— Pour ?

— Terminer l'adaptation.

Je ne sais pas de quoi je suis le plus blessée à cet instant. D'être laissée sur l'autre rive, ou d'être invitée à la mauvaise place.

Sans bien saisir ce que je suis censée approuver ou blâmer, je comprends que Victoire a pris sans m'en parler une décision qui m'implique. Je me sens lésée deux fois. Et je mesure brutalement l'énormité de cette expression qu'elle utilise aujourd'hui à tout bout de champ, et que je ne l'avais jamais entendu prononcer : « On ne va pas se mentir. »

— Tu sais, dit-elle comme si elle devinait mes pensées, notre projet vaut dix fois mieux que le Coward. Mais des acteurs *bankable*, un grand théâtre privé, une comédie romantique, tout ça, ça va marcher. Le Coward, c'est une recette inratable comme on en trouve sur Marmiton.

— C'est pour ça que tu le fais ?

— Je le fais parce que c'est chic. Et qu'après j'aurai les mains libres pour des projets plus ambitieux.

Ses yeux brillent comme deux émeraudes.

— Il faut savoir attraper le train quand il passe, ajoute-t-elle, sinon on est mort.

— Je voudrais qu'il m'emmène aussi.

— Qui ça ?

— Le train. Je voudrais qu'il m'emmène aussi. Je voudrais que ça ne change rien.

— Rien à quoi ?

— À nous.

Les épaules de Victoire s'affaissent d'un coup en signe d'incompréhension. Elle se recule et me sourit avec la même compassion excessive qu'une mère déploie pour son enfant.

— Mais enfin ! Nous est indéboulonnable. Indétrônable. Nous règne !

J'ai envie d'ajouter : et Tatiana ? Mais je ne le fais pas.

« Libre, je sens l’alliance active
Des sons, des sens et des idées. »
Chapitre 1

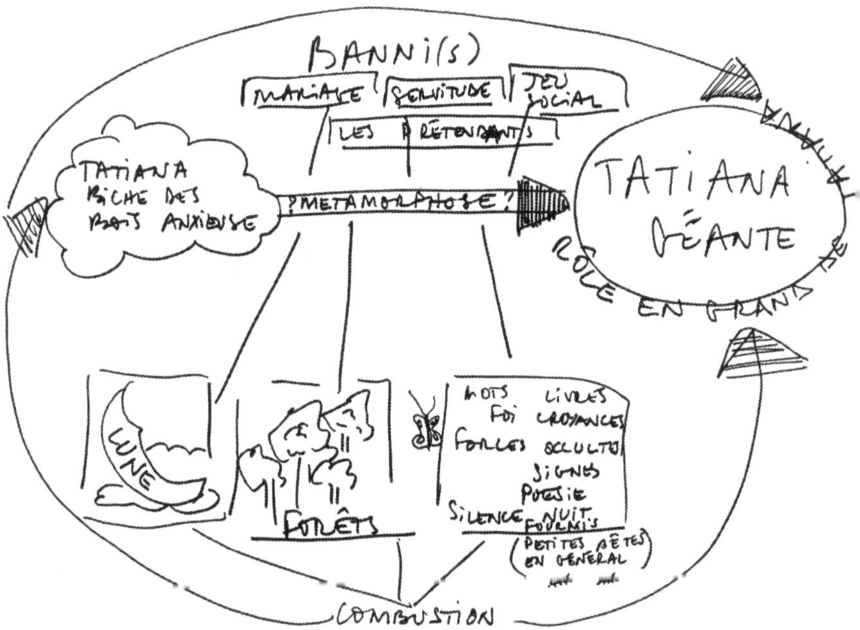

« Je suis né pour la vie tranquille
Pour le silence campagnard ;
La lyre est libre loin des villes,
Plus vifs sont les songes de l'art. »

Chapitre 1

Depuis que Victoire m'a laissée seule aux commandes de l'adaptation, de brutales accélérations cardiaques ne cessent d'assaillir ma poitrine à divers moments de la journée. J'ai peur. Quelque chose va arriver et je l'attends. Sur l'autoroute A4 qui me mène à Nogent, un frisson me parcourt le corps. Et puis l'angoisse passe comme elle est venue, aidée de ma petite formule magique que je me répète comme un mantra. Moitatiana.

À la Brasserie de la Place, j'aide mon père à s'asseoir à une petite table en marbre, que nous avons choisie près de la vitre. Après un rapide coup d'œil au menu, nous optons tous les deux pour un confit de canard. Je passe commande, prenant soin de préciser à la serveuse de ne surtout pas ajouter de salade décorative au plat de mon père. De mon enfance j'ai gardé des souvenirs cuisants de scènes dans les restaurants, où le plat qu'il avait commandé arrivait garni de cet ornement chichiteux qui le faisait sortir de ses gonds. Après avoir parcouru la carte, il faisait venir le serveur, et le scénario se déroulait, toujours à l'identique, tandis que je me ratatinais sur mon siège en espérant que mon mutisme me ferait disparaître aux yeux du monde.

— Vous avez fait votre choix ? demandait le serveur.

— Oui on a choisi, répondait mon père de son ton de général. Voilà. Ma fille prend une frisée aux lardons. Et moi vous me donnerez une saucisse… UNE saucisse. Pas deux ! Surtout pas deux. Je déteste quand il y en a beaucoup dans mon assiette, ça m'agace horriblement, on croit vous faire plaisir en vous apportant des assiettes énormes mais en réalité c'est écœurant. Voilà, donc UNE saucisse.

— Strasbourg ?

— Pardon ?

— Une saucisse de Strasbourg monsieur ?

— Je ne sais pas, n'importe laquelle. Strasbourg ou Cherbourg, ça m'est complètement égal. Donc UNE saucisse, et des frites. Mais attention, hein ? Pas (mimant, d'un geste, l'abondance)… Vous voyez ce que je veux dire. Vous me mettez quelques frites, vingt ou trente. Voilà.

— Très bien, monsieur, disait le serveur, pressé de quitter cet énergumène.

— Attendez, ne partez pas, je n'ai pas fini !

— Oui, monsieur ? (À ce stade on voyait poindre dans le regard du serveur un léger vent de panique.)

— Alors écoutez-moi bien : vous me mettez donc UNE saucisse, Cherbourg ou Cabourg, peu importe, une vingtaine ou une trentaine de frites, mais surtout, surtout, PAS DE SALADE DÉCORATIVE ! Voilà. Vous m'avez bien compris ?

— Il n'y a pas de salade avec les saucisses, monsieur.

— Parfait. Je ne veux surtout pas la moindre petite feuille de salade. Rien. Je n'ai pas soif. Merci vous êtes gentil.

Le serveur repartait, manifestement vexé de cette défiance à l'égard d'un usage qu'il devait considérer comme la marque ultime de la sophistication. Depuis mon siège où j'étais déjà passablement nouée, j'attendais la suite de la scène. Elle ne tarderait pas à venir, et je savais qu'elle m'inonderait de honte.

— Mais pourquoi t'es méchant avec lui ? C'est gentil la salade décorative !

— Méchant, moi ? Mais non mon petit lapin, je ne suis pas méchant, je ne suis pas méchant… Je ne supporte pas les chichis. Quels qu'ils soient. C'est insupportable, on croit vous faire plaisir en vous apportant des machins, des chichis, tout un cinéma superfétatoire, j'ai horreur de ça, c'est tout ! J'ai des goûts de paysan, qu'est-ce que tu veux.

Puis reprenant avec l'emphase des vieux vétérans qui plongent dans leurs souvenirs pour y pêcher celui qui éclaire le parcours d'une vie :

— Tu sais je suis parti en 1951 à Aix-en-Provence. J'étais à un tournant de ma peinture, je me posais beaucoup de questions sur le tour que je voulais lui faire prendre, tout en étant insatisfait du tour qu'elle prenait. Alors je suis parti quelques mois, dans une sorte de retraite, pour travailler. Pendant des mois, je dis bien pendant des mois, je me nourrissais exclusivement d'olives noires, de tomates, de jambon – à l'os, naturellement –, de temps en temps de quelques rondelles de saucisson, et de chocolat noir. Pendant des mois. Alors tu comprends, leur salade décorative, je n'en ai absolument rien à cirer ! Ça ne m'intéresse pas, mais pas du tout. Qu'est-ce que tu veux… ton papa est un moine.

Quelques instants après, le serveur reparaissait avec les plats. Immanquablement la saucisse trônait au milieu d'un amas de frites, tandis qu'à ses côtés, nageant dans une sauce d'un blanc douteux, triomphait la salade décorative. Je voyais alors le visage de mon père se décomposer et Louis de Funès entrait en scène, avec ses grimaces et son débit mitrailleur.

— Qu'est-ce que c'est que ça, mais qu'est-ce que c'est que ça ! J'ai dit pas de salade décorative ! J'ai horreur de la salade décorative ! Bon reprenez-moi ça.

Le serveur reprenait l'assiette.

— Non mais laissez-moi la saucisse ! Il est idiot, c'est incommensurable ! Prenez juste la salade ! Rendez-moi la saucisse !

Le serveur était perdu dans ses va-et-vient, n'osant retirer de ses mains la feuille maudite, ce qui aurait été contraire aux règles d'une bienséance qu'il s'évertuait à préserver malgré l'orage qui lui tombait dessus.

— Regarde-moi ça, disait mon père d'un ton scandalisé, c'est immonde ! Regarde ça… elle goutte, elle dégouline, c'est monstrueux ! Regarde-moi cette sauce blanche, là ! C'est du lait ou quoi ? (il détestait le lait). C'est dégueulasse ! Immonde ! Monstrueux !

Les gens autour suivaient la scène avec des yeux outrés ou amusés, et j'avais envie de mourir. Je mourais d'ailleurs lentement, abattue par cette preuve supplémentaire que mon père était d'un autre siècle. Sur mon siège tout mon être s'affaissait dans ce qu'il lui restait de dignité et de fraîcheur. Puis dans un sursaut de hardiesse qu'il me fallait déployer au cœur de ma déchéance, je m'emparais soudain de la feuille fautive et la portais à ma bouche, devant les yeux effarés de mon père, du serveur, et de toute l'assistance. Un silence notable se faisait alors autour de nous, que mon père rompait d'un ton tragique :

— Tu ne vas pas la manger ? Tu la manges ? Bon eh bien écoutez, elle la mange. Ma fille la mange. C'est monstrueux.

Le serveur déconfit repartait, honteux, furieux surtout de s'être laissé ainsi humilier.

Mon père le regardait s'éloigner, puis plongeait son regard dans le mien, que je lui dérobais. Et d'un ton brusquement radouci, il tentait une explication sur le sens de son emportement qui, à tout autre et surtout au serveur, avait paru un caprice de vieillard.

— Écoute. Parfois je me dis… Je suis à côté de la plaque. En dehors du coup. Peut-être que j'ai manqué quelque chose avec la salade. Décorative ou pas d'ailleurs. Enfin quand je dis la salade… Je veux parler de toutes ces simagrées. Ça ne m'intéresse pas mais au fond, je vois bien que je suis le seul… Ce monde m'ennuie profondément.

Enfant, je ne comprenais pas le lien étrange entre une feuille de salade et le monde dans lequel je vivais.

Comment celle-ci pouvait perturber l'équilibre de celui-là. Je lui en voulais mortellement de cette injure qu'il faisait non seulement à un embellissement social qui me semblait être la voie vers le monde moderne que je convoitais, mais aussi et surtout de ce que cet affront était dirigé contre un innocent, ce serveur qui, en vertu de son rang, n'avait pas d'autre choix que de se soumettre à cet effort d'embellissement. Et à l'époque, ce n'était pas pour sauver mon père que je mangeais la salade. C'était pour sauver le serveur, cet invisible.

À la Brasserie de la Place ce jour-là, la serveuse nous apporte deux confits de canard d'une extrême sobriété : nageant dans un bain d'huile, mais qu'aucune salade décorative ne trouble.

Nous commençons à manger dans le silence.

— Je l'ai trouvée sympathique l'autre jour, le docteur F, dis-je. Non ?

— Oui bien sûr, c'est une brave femme, elle m'adore. Je l'aime bien d'ailleurs, mais elle se noie dans des détails qui n'ont strictement aucun intérêt.

— Lesquels ?

— Alzheimer, pas Alzheimer, c'est de la foutaise ça. C'est pas ça qui est important.

— Quoi alors ?

— Eh bien ce qui est important c'est le fric fantastique qui va me rentrer. C'est ça qui est important. À côté les chicaneries des médecins n'ont absolument aucun intérêt.

— Elle fait son travail.

— Mais bien sûr, qu'elle le fasse ! Elle est adorable. Moi je n'entre pas dans ces considérations. Alors je veux bien continuer à la voir de temps en temps pour m'assurer que tout ne va pas trop mal. Ce qui est vrai d'ailleurs, je ne me sens pas mal, je me sens même très bien, j'ai 96 ans, j'ai plein de projets, je suis sur un coup fumant avec les Japonais. C'est pour ça qu'Alzheimer pas Alzheimer, c'est dérisoire. Et puis tu sais, j'ai eu une vie bien remplie. Alors je n'en ai plus pour très longtemps, c'est vrai, mais ça m'est égal. Si je me retourne, je me dis, mais merde, c'est pas possible, c'est moi qui ai accompli tout ça ? Ce mec est fantastique ! Parfois je me croise dans le miroir et je me dis, mais c'est pas vrai, c'est moi ça ? Avec sa tête de Jules César ! C'est inimaginable. Enfin tu vois, c'est bath tout ça ! Alors les dents, pas les dents, Alzheimer pas Alzheimer, c'est dérisoire, c'est pas ça l'important. Tu comprends ?

— Je comprends.

— D'ailleurs je lui ai résumé ça dans une formule qui l'a beaucoup fait rire, le docteur heu… Machin-Chouette…

— Ah oui ?

— Oui, parce qu'elle n'a que ce mot à la bouche. Alzheimer pas Alzheimer, bon. Alors je lui ai résumé ça dans une formule qui était la suivante : « Les lions dans le désert ont la peau si tendue, que lorsqu'ils ferment un œil, s'ouvre leur trou du cul. » Autrement dit, tout se déglingue. Et on n'y peut rien. Ça l'a beaucoup amusée heu… le docteur heu… Elle a beaucoup ri.

Mais comment a-t-il réussi à transformer une chanson paillarde en une définition si congrue de la vieillesse ? De même que la peinture se résume pour lui à des couleurs et des formes dans un certain ordre assemblées, le monde lui parvient comme une somme de signes, qu'il suffit de faire parfois coïncider dans un certain ordre pour voir émerger une signification inédite, autonome, nouvelle. C'est le sens de « Alzheimer, pas Alzheimer », un *leitmotiv* qui devient en quelque sorte déclinable à l'infini.

— Et toi, mon coucou, raconte-moi un peu comment tu vas. Tu as des projets ? Tu t'amuses ?

— Oui j'ai des projets. Beaucoup de projets.

— Quel genre de projets ? poursuit-il en entamant sa crème au caramel. Non ne tripote pas tes lèvres sans arrêt. C'est un tic que tu as. Tu es nerveuse ? Alors... Raconte-moi un peu. Tu joues toujours la comédie ?

Pourquoi certaines phrases vous ébranlent-elles ? Sa question me transperce le cœur. Et je fonds en larmes.

— Oh ma petite poupée. Ça te heurte ce que je te dis là ?

— Non, pardon. Je suis un peu fatiguée.

— Eh oui ! Et c'est normal. Mais il faut bien comprendre que tout ce qui est, n'est-ce pas, tout ce qui existe sur la terre va disparaître. La Lune va disparaître, le Soleil va disparaître, les étoiles vont disparaître, et je vais disparaître. C'est comme ça, on n'y peut rien.

Comme j'aime soudain cet homme capable de se comparer au Soleil, à la Lune et aux étoiles. Aucune prétention dans cette alliance avec les astres. Il les côtoie, voilà tout. Ils sont ses frères. À leur exemple, il est empli de grandeur, cette véritable humilité qui élève l'âme de ceux qui plient.

Il me regarde maintenant avec douceur, s'excusant presque de m'avoir révélé une chose de lui si banale, que l'avouer lui fait craindre de m'avoir déçue. *Eh oui ma poupée je vais mourir, comme le Soleil, la Lune et les étoiles.* Je repense soudain à ce jour de mon enfance dans cette maison, « la Victoria », un joli mas rose posé dans un jardin sauvage où l'on passait chaque été des vacances près d'Aix. Un bassin y tenait lieu de piscine, dans lequel on n'avait pas pied et dont on n'apercevait pas le fond. L'eau, froide comme celle d'une rivière, paraissait noire. Quelques gerris effectuaient un petit ballet gracieux avec leurs longues pattes de danseuses, et on voyait la surface scintiller comme une nuit étoilée. Ce jour-là, j'étais en train de contempler cette étendue plane, hésitant à sauter dans l'eau glacée et noire tandis que le soleil cuisait mon dos et mes épaules. Et brusquement m'était revenue en mémoire ma visite au Planétarium. Devant le bassin noir de la Victoria, pareil à un cosmos, j'ai repensé à l'extinction du Soleil, revu les ténèbres, la mort qui allait tout engloutir. Alors l'angoisse qui m'avait saisie au Planétarium me gifla une nouvelle fois. Mon père, assis à l'ombre près du bassin, m'observait de derrière son *Monde*.

— À quoi tu penses ma minouchette ? avait-il dit.

Mais quelque chose comme un gouffre avait dérobé ma conscience.

— Hein, mon amour adoré, tu réponds ?

— Tu vas mourir ?

— Non. Pas tout de suite. Ça t'inquiète ?

— Pas du tout, avais-je répondu les poings serrés. Mais y a quoi en fait après la mort ?

— Après la mort ? Rien. On meurt. C'est tout.

Il m'avait regardée avec des yeux où perçait l'impuissance de son amour et où la compassion seule tenait lieu de réconfort. Que pouvait-il faire d'autre ? Me servir des salades décoratives sur l'éternité ? Une vie après la mort ? Tout ça c'était des chichis. Il avait repris tranquillement sa lecture.

Devant le bassin ce jour-là, j'avais décidé que la mort n'était rien. Qu'elle n'emporterait pas mon père. Celui-ci resterait vivant, en moi, pour toujours, comme un dépôt au fond d'une bouteille qui s'épaissit avec le temps. Aujourd'hui, à la Brasserie de la Place, je sais bien que c'est faux. La mort n'est pas rien. Elle n'est pas banale. Et même adulte, même informée, même préparée depuis toujours, je sais que je ne pourrai rien contre l'accablement qui me terrassera le jour venu, et qui sera pareil à l'extinction du Soleil, de la Lune et des étoiles.

Le déjeuner prend fin, je raccompagne mon père à la Maison des Artistes. Nous traversons l'entrée, où les perruches s'adonnent à des vocalises particulièrement sonores dans le silence feutré de la sieste. Il s'approche de la cage :

— Haha ! Tu vois, elles sont toujours quatre. Lui, ce doit être le mâle.

— Ah bon ? À quoi le vois-tu ?

— Eh bien… je ne sais pas… il est d'une autre couleur.

De retour chez moi, je me mets au piano. Le contact avec le clavier m'apaise. À partir de ce jour, je joue pour cet asile. Je ne vois plus mon père s'éloigner de la rive des vivants. Mais lui et moi accostons ensemble la terre bienveillante des notes de musique. Nous changeons de couleur ensemble. Et devenons des anges musiciens.

« Face aux dandys et aux coquettes
Frayeur ! Non il vaut mieux cent fois
S'enterrer seule dans les bois. »
Chapitre 7

GRILLE D'ÉTÉ DE FRANCE CULTURE
« Les rencontres insolites de Richard Gaitet »
Jeu et enjeux de l'adaptation

— Tatiana a cette capacité d'entrer en relation avec un autre monde, situé au-delà du monde visible. Elle parle aux arbres, aux rivières, aux champs, la nature entière lui est une précieuse amie, la garante d'une solitude aimée, cette solitude qu'elle quitte bientôt « Pour le vain bruit d'un monde fou ». Il y a ça chez Tatiana. Le goût de la solitude, de la cachette, du silence et de la nuit.

— Le goût pour l'anonymat ?

Croisement de jambes. Tête inclinée vers le plafond. Retour.

— Je crois que oui.

« L'antre mondain l'a comme prise
Comme envoûtée par son décor. »
Chapitre 7

« Il faut qu'on parle de Tatiana. »

Quand j'ai reçu le message de Victoire, mon cœur a fait boum. J'ai immédiatement eu envie de me terrer au fond de mon lit.

Lorsque je la rejoins le lendemain, je vois tout de suite que quelque chose ne va pas. Son thé déjà froid me laisse penser qu'elle est là depuis un moment. Elle me regarde mais paraît ne pas me voir, comme si son regard cherchait une issue dans le mien.

— Le théâtre de la Coulée coproduit *Onéguine*, commence-t-elle. Ils mettent 50 000 euros.

— Je croyais que c'était 30 000 ?

— Finalement ce sera 50 000.

— Et c'est une mauvaise nouvelle ?

— Oui car le projet m'appartient beaucoup moins.

— Parce qu'ils paient ?

— Évidemment, parce qu'ils *paient*, répond-elle en assommant le *p* de son mépris. Mais la bonne nouvelle c'est qu'ils croient beaucoup au projet. Et qu'ils adorent la piste que tu proposes pour l'adaptation.

— Et donc ?

— Rien, conclut-elle. C'est tout.

Ses doigts tapotent la table. Elle continue de me fixer et semble s'être réunie en conseil stratégique à l'intérieur d'elle-même.

— Comment va ton père ?

— Très bien. Pourquoi tu me demandes ça ?

— Je prends des nouvelles, c'est tout. Ça me ferait plaisir de le voir. C'est pas trop dur ?

— Il a un Alzheimer plutôt joyeux.

— Oh là là, ma pauvre.

— Pourquoi tu dis *ma pauvre* ?

— Alzheimer joyeux, ça ne me paraît pas compatible.

Elle lève les sourcils et son iris s'éclaire de la certitude qu'on a parfois d'être plus intelligent qu'une chose qui nous est incompréhensible. Victoire fait partie de ces personnes que l'inconnu et l'insaisissable effraient.

— Tu devrais peut-être prendre un peu de distance avec tout ça, reprend-elle.

— Tout quoi ?

— Ton père.

Je ne comprends rien à cette conversation. Qu'est-ce que mon père fait là ? Une idée insoutenable me traverse brusquement. Je suis abîmée par la mort de mon père. Je la porte, elle me diminue. Victoire ne veut pas me voir souffrir, mais pas parce qu'elle a de la peine pour moi, non. Ce qu'elle n'aime pas, c'est ma faiblesse, ma misère. Ce qu'elle n'aime pas, c'est que je suis « sa pauvre », et que comme tous les pauvres, je vais lui demander quelque chose.

— Tu sais, dis-je, c'est difficile de prendre de la distance avec quelque chose qui nous constitue. On ne se détache pas de ce qui s'arrache de nous.

— Oui, j'imagine. Bon sinon, l'adaptation ! dit-elle brusquement dans un haussement de sourcil, comme si elle n'avait pas trouvé le moyen de me dire une chose et qu'elle espérait pouvoir le faire en changeant de fiche.

— Je t'écoute.

— J'ai un problème avec Tatiana. Le personnage est fade. Il lui manque quelque chose pour devenir une véritable héroïne. Un feu. Quelque chose qui l'anime et justifie qu'elle se refuse à Eugène. Je n'ai pas de solution, mais je suis sûre que tu vas trouver.

Victoire saisit sa tasse sans me lâcher du regard. Un long temps passe pendant lequel je sonde en moi la déflagration que vient de produire ce mot. Fade.

Son portable sonne. Elle se lève et semble avoir grandi d'un coup. Je la regarde traverser la salle, encombrée de sa tasse qui tient en équilibre sur la soucoupe, émettant à sa suite un son de clochettes. De son habituel coup de hanche, elle sort, dépose violemment son thé sur une table et se lance dans une conversation animée dont je ne perçois que des sons étouffés. Tout en parlant, elle fait de grands gestes avec les bras, donnant le spectacle de son importance à des passants médusés. Je vois son ombre se déployer derrière elle sur le trottoir, une ombre de géante, comme celles qui poussent parfois dans le dos des personnages de Disney lorsqu'une colère subite les envahit contre leur adversaire. Au sol, le soleil lui-même lui lèche les pieds.

Je me demande qui est son adversaire à cet instant. Est-ce que c'est moi, affaiblie par la mort de mon père ? Est-ce que c'est Tatiana ? Ou les deux ? Nous, Moitatiana. Et brusquement, je comprends. Une vérité soudaine me traverse : si Tatiana est fade, je le suis aussi. Pire : si Tatiana est fade, c'est parce que je le suis.

Victoire revient, traverse la salle d'un pas lourd, tire la chaise, et s'y laisse tomber comme on capitule.

— Putain ils me font tous chier !

Cette fois, c'est l'équipe du Coward. Les acteurs, le producteur, tous pinaillent sur tout, et c'est épuisant. Le texte, les intentions, la scéno, Victoire n'en peut plus. Tout le monde, vraiment tout le monde la fait trop « chier ». Même le chien Raoul qui a décidé de la prendre au pied de la lettre et s'est mis à faire ses besoins pendant les lectures.

— Et au fait ? Tu as contacté Élise Schneider ? dis-je pour essayer de retrouver un peu de contenance.

— Pourquoi tu me demandes ça ? Hein ? Pourquoi tu me demandes ça ? répète-t-elle avec rage.

— Mais… Parce que tu me parles de ce projet !

— Ça ne l'intéresse pas ! Son agent m'a fait comprendre que Noël Coward n'était pas assez chic ! Pourtant on a fait une lecture ! Elle est venue jusqu'à moi pour faire une lecture ! Mais elle disait tout à jeun !

— À jeun ?

— À plat ! Sans intention ! Cinéma d'auteur ! Ils font chier tous ces gens à qui on propose du boulot et qui vous le rendent avec une pince à sucre ! Pourquoi tu souris ? T'as pitié de moi ?

— Pas du tout.

— Alors arrête de sourire, merde !

À la voir soudain pianoter sur son portable, je me dis que Victoire est tiraillée entre ses envies artistiques et des contingences matérielles qu'elle ne maîtrise pas. Là où elle aimerait exprimer sa vérité, on la bloque dans une impasse matérielle, et là où elle aimerait élever son objet commercial au plan artistique, elle se heurte au refus d'une actrice qui condamne par avance cette ambition, au prétexte que le projet n'est d'emblée pas *assez chic*. Elle vient de se cogner au noyau des rapports entre les êtres humains : le désir, qui préside à tout commerce. Élise Schneider ne la désire pas. Il me semble soudain que ma lucidité me fait basculer dans l'arène des puissants, ceux qui ont tout compris du monde et l'analysent froidement, sans états d'âme, précisément parce qu'ils en sont les actionnaires principaux. Je me sens grandir, et sur mon visage se dessine le sourire impénétrable de ceux que rien n'étonne :

— Ne te blesse pas de ce refus d'Élise Schneider, lui dis-je. La roue tourne, un jour c'est elle qui te mangera dans la main. Enfile ta peau de canard et laisse glisser. Le plus important est que tes projets se fassent. Et ce faisant, tes mains se libéreront.

Je ne sais pas d'où m'est venue cette expression, « enfile ta peau de canard », mais Victoire est ahurie. Son corps entier souffle et se dégonfle comme si elle se détendait, soulagée de ce que non seulement je l'aie comprise, mais que j'aie même vu plus loin qu'elle. Je poursuis, plus infatuée que jamais :

— Moi ce que je crois, c'est que tu es en crise d'épanouissement.

— Ah bon ?

— Oui. Et c'est tout à fait normal. La production t'échappe peut-être, mais le spectacle n'en sera pas moins magnifique.

— Tu crois ?

— J'en suis certaine. Surtout avec cette Tatiana 2.0 qu'on va leur balancer ! Hahahah !

Je bois mon crème goulûment, souriant intérieurement à la vie qui m'a dotée du don de clairvoyance. Puis me recalant confortablement dans le fond de mon fauteuil comme un patron, j'ajoute :

— Et tu penses à quelqu'un pour remplacer Élise Schneider dans la pièce de Coward ?

— On m'a parlé d'une rousse bombasse qui joue dans une série à la con. Elle est pas géniale mais elle a 600 000 followers. Bianca, elle s'appelle. Tu la trouves sur Insta.

Une petite rousse apparaît en effet en premier dans la barre de recherche. Bianca Bravi. J'ai toujours été fascinée par la simplicité avec laquelle des gens manient ce langage truqué des images, de façon impressionniste, par petites touches, ayant bien soin de mettre en avant les qualités – ou les défauts – qui les feront voir sous un jour séduisant, singulier. Il n'y a qu'à regarder le profil de Bianca pour s'en persuader. On voit tout de suite que c'est un petit cochon aux cheveux orange qui n'a aucun respect pour l'orthographe, et pourtant, Bianca lisant un scénario #bientôt#suspence, Bianca sur le tournage de sa série #quedubonheurs, Bianca en selfie au bord d'une piscine #doigtsdepiedsenevantail, Bianca avec son neveu #cute#energypositive, Bianca, Bianca, Bianca aux 600 000 followers parvient chaque jour à nourrir sa notoriété, à coups de projecteurs braqués sur des instants d'intimité.

Victoire et moi quittons le café. Avant de passer la porte vitrée qui mène au-dehors, elle s'arrête et me regarde avec des yeux brillants :

— Merci, dit-elle. C'est tellement précieux d'être si bien comprise. D'être si bien soutenue. Mais il faut que je te parle de quelque chose…

Tututut. Je la coupe. Je ne veux plus rien. L'entente des âmes ne consiste pas uniquement en un partage d'opinions ou de sensibilité, elle justifie également les petits accommodements que l'on se fait parfois avec notre conscience, ou que l'on accorde à l'autre de se faire avec la sienne. Je viens de sauver Victoire d'elle-même, je ne veux rien connaître des rouages de sa pensée.

Je la regarde, souris, et tandis qu'elle me retourne un rictus d'une inexplicable indulgence, mon cœur subit l'une de ses accélérations brutales, signe probable que je participe désormais à mon propre piège.

« Quand dans la nuit aux mille éclats
Jaillit une étoile filante. »

Chapitre 5

Grille d'été de France Culture
« Les rencontres insolites de Richard Gaitet »
Jeu et enjeux de l'adaptation

— Au fond l'adaptation, c'est une clé. Elle doit ouvrir un ou plusieurs des aspects du texte. Ici principalement : le rôle en grand de Tatiana, sa métamorphose. Si la clé fonctionne, elle ouvre le texte dans toutes ses dimensions, et même, le transcende. Le texte alors se renouvelle, déploie ses propres possibilités, s'alimente, se régénère. Et c'est là que quelque chose de magique se produit : le texte s'ouvre à la rêverie, il devient vivant et a envie de s'exprimer encore et encore sur lui-même. Générateur de son propre discours, il n'a qu'une hâte : se raconter, se confier, et plus rien n'existe que ce vaste champ où le lecteur aime flâner et se perdre, rencontrant, dans sa végétation et ses recoins, mille vérités sur lui-même.

— Vous êtes en train de donner une définition de la littérature.

— Oui, Richard. Peut-être.

« La songerie, sa confidente
Depuis, ou presque, le berceau. »
Chapitre 5

Chez moi, je relis les scènes que j'ai écrites. Victoire a raison, quelque chose cloche. Tatiana manque de flamboyance. Je me lève et vais à la fenêtre pour inspecter la rue. Voir si à tout hasard une idée ne s'élèverait pas du bitume jusque chez moi. Betsy passe, accompagnée de son petit complice. Après quelques pas pleins d'énergie, ils disparaissent ensemble chez Sophie Fichini, la boutique de gadgets. Je reste un moment, perplexe, à observer la rue, puis je referme la fenêtre et retourne à mon bureau. J'imagine ce que pourrait être une Tatiana pas fade. Une Tatiana idéale. L'héroïne dont parle Victoire.

Mes yeux se posent sur le portrait de moi que mon père a peint quand j'avais 6 ou 7 ans, très emblématique de ce « retour au réel », comme il a coutume de nommer la période picturale de mon enfance, par opposition à celle, abstraite, qui l'a précédée, elle-même aboutissement d'un long processus d'abandon de la figuration.

Assise sur une chaise, je porte un tee-shirt rayé. Mes cheveux noirs sont si brillants que des taches blanches y apparaissent en guise de reflets. Dans le fond, on aperçoit un paysage de champs, de cyprès et de montagnes, subtil mélange du Morvan, des Alpes et de la Provence. Je ne suis nulle part.

Je n'aimais pas poser, alors il m'avait postée devant la télévision pour pouvoir me dessiner à loisir. Par la suite, c'est l'astuce qu'il a toujours utilisée. Inspecteur Gadget et Princesse Sarah ont été ses meilleurs alliés. Au bout d'une bonne demi-heure d'immobilité, il avait jaugé son dessin, penchant la tête à droite, à gauche, rectifiant une ombre ici, un angle là, posant son regard alternativement sur l'objet réel et sa représentation. Puis un sourire de satisfaction avait conclu ce manège et il m'avait dit, sur le ton qu'adopte un parent attendri devant un tout petit bébé : « Oh ma poupée adorée ! Mon amour ! Mais quel joli petit personnage ! » Je n'ai jamais su s'il parlait de moi ou de son dessin.

Ce soir ce qui me frappe en regardant le tableau, c'est que j'ai l'air ailleurs. La tête pleine de songes. Comme le sont tous les personnages de ses tableaux.

« Et celle qui fut dans mon rêve
Cet idéal de Tatiana. »
Chapitre 8

Grille d'été de France Culture
« Les rencontres insolites de Richard Gaitet »
Jeu et enjeux de l'adaptation

— Qui serait Tatiana aujourd'hui ?

— Eh bien, Richard, je suis personnellement convaincue qu'une Tatiana contemporaine ne serait pas mariée – d'ailleurs dans le roman, avant d'épouser le prince Grémine, elle refuse une flopée de prétendants.

— Mais si elle n'est pas mariée, pourquoi se refuse-t-elle à Eugène ?

— Je vous l'ai dit : c'est son regard qui a changé.

— Elle l'a pourtant tellement attendu, ce moment ! Vous ne risquez pas de décevoir le spectateur ?

Temps. Hochement de tête. Réflexion. Soupir. Croisement de jambes.

— Je ne crois pas. Vous savez, le spectateur est maintenu dans l'attente d'une issue positive à leurs retrouvailles, mais au fond, ce qui se joue dans l'attente, ce n'est pas la réalité de l'objet attendu.

C'est la surprise, le panache. Quelque chose de plus fort que ce à quoi on a rêvé. Une attente comblée d'une façon *juste*, d'une façon *conforme*, sera toujours déceptive. Ce vers quoi devrait tendre toute attente, au fond, c'est l'inattendu.

« Tania frémit sous l'impression
Que cela cache une allusion. »
Chapitre 3

De : victoiredelambre@gmail.truc
À : tatianalarine@wanadoo.fr
Objet : j'ai lu
Adaptation réussie.
Tu as fait de Tatiana une héroïne.
Demain 9 h ?

De : tatianalarine@wanadoo.fr
À : victoiredelambre@gmail.truc
Objet : Re : j'ai lu
9 h parfait. Contente que tu sois contente !

« Il tombe dans la somnolence
Des songes, des pensées ; en rond. »
Chapitre 8

Google : « adaptation réussie »
Les secrets d'une adaptation réussie
Verbaliser en douceur.
Donner des repères dans le temps.
Faire une première séparation dans un cadre familial.
Prévoir une période d'adaptation.
Communiquer.
Si l'enfant pleure.
Jouer à « coucou-caché ».
Rassurez-vous.
21 sept. 2020
Laurence Pernoud
https://www.laurencepernoud.com › modes-garde-bebe

« Ardeur constante et sans mélange
D'un long entêtement vital. »
Chapitre 8

De : tatianalarine@wanadoo.fr
À : victoiredelambre@gmail.truc
Objet : Titre du spectacle
Tu penses quoi de :
Tatiana ou les Secrets d'une adaptation réussie
Variation autour d'Eugène Onéguine
Un titre qui porte un regard à la fois intratextuel et métatextuel sur notre adaptation ?

De : victoiredelambre@gmail.truc
À : tatianalarine@wanadoo.fr
Objet : Re : Titre du spectacle
Merci j'avais compris.
J'achète !

De : tatianalarine@wanadoo.fr
À : victoiredelambre@gmail.truc
Objet : Re : Re : Titre du spectacle
Ce sera 50 000 balles ;)

« Cela tournoyait dans sa tête,
Il en devint quasiment fou,
Fut à deux doigts d'être poète. »
Chapitre 8

Forum Theatralitte.blogspot.com

@passiononeguine
Qui a vu la mise en scène d'*Eugène Onéguine* de Victoire Delambre au théâtre de la Coulée ?? J'aimerais beaucoup y aller mais les places sont pas données. En plus je suis pas tout le temps à Paris... Ça vaut le coup ?

De @mininuche @passiononeguine
Si j'ai bien interprété ton pseudo, t'es fan du roman ou de l'opéra. Moi aussi !! Franchement, vas-y. Ça vaut le coup. Celle qui joue Tatiana est géniale !!

De @salomeveille @mininuche
Hyper d'accord avec toi @mininuche. Tatiana est top ! Et le fait qu'elle devient metteuse en scène fait prendre une tout autre dimension au personnage.

De @passiononeguine @salomeveille
Est-ce que vous pourriez ne pas spoiler l'histoire svp ??

De @mininuche @salomeveille
C'est clair ! Moi aussi c'est ça que j'ai adoré ! En fait les rêves sont plus flamboyants tant qu'ils restent au bord du possible. J'adore la scène où Tatiana dirige l'acteur.

De @passiononeguine @mininuche
Ça a l'air complètement con cette adaptation. J'irai pas. Surtout après que vous m'avez spoilé la relecture. Je suis deg. Merci. Vraiment, y a des gens qu'ont rien à faire sur ce forum.

De @boîteatheatre @mininuche
Ben oui, c'est le principe des fantasmes : tant qu'ils se situent à la frontière qui sépare l'illusion de la réalité, ils restent une possibilité. Moi perso, j'ai pas trouvé ça terrible. Le spectacle ne vaut pas tripette. @passiononeguine tu rates rien. C'est un spectacle de midinette.

« Ici, c'est clair, c'est lui le maître. »
Chapitre 5

— Bien, ma biche, c'est ton papa. Quand est-ce que tu viens me voir ?

« Mais entraîné de songe en songe
J'avais plongé dans le mensonge. »
Chapitre 5

Grille d'été de France Culture
« Les rencontres insolites de Richard Gaitet »
Jeu et enjeux de l'adaptation

— Et comme l'indique le titre d'un très beau poème de Maurice Blanchard, « Vivre c'est inventer ».

— Dernière question : vous êtes actrice. Vous signez là une première adaptation. Qu'est-ce que cette expérience vous aura apporté dans votre parcours ?

— Un beau rôle, Richard. Enfin… Vous me direz ! Je crois que vous venez la semaine prochaine ?

« Insouciante, vive, gaie,
Exactement comme elle était. »
Chapitre 6

— Demain, papa ! Je viens te voir demain !

« Assez rêvé – oublie, oublie.
Tu paies le prix de ta folie.
Plus de couronne. Un nom perdu.
Oui, c'est l'oubli, froid, insensible,
Qui dans la mort nous est promis. »

Chapitre 7

— Ils veulent entendre le texte ces cons ! me dit Victoire.

— C'est un peu normal s'ils mettent 50 000 euros, non ?

— Mais j'ai pas ma distrib' !

— Et les acteurs du Coward ? Tu peux pas leur demander de te rendre ce service ? Vu qu'ils t'ont bien fait chier…

Victoire réfléchit un moment. Je jurerais que je perçois son petit sérieux habituel.

— Je vais réfléchir à ton idée.

La semaine suivante, elle nous a réunis au théâtre de la Coulée. Elle a demandé aux acteurs du Coward de venir lire. Deux garçons, et Bianca, donc, pour lire Olga. Le narrateur sera lu par Victoire elle-même. Quant à moi, je lirai Tatiana.

Après avoir balayé ma penderie à la recherche de la bonne tenue, j'enfile la petite robe bleu marine que j'ai achetée à 20 ans, en tournée, avec mon premier salaire. C'était à Nice. Le soleil inondait le cours Saleya qui était en train d'être nettoyé. L'air était chargé de tous les possibles tandis que je longeais le cours. Arrivée de ce côté qui aboutit rue des Ponchettes, je l'avais vue dans la vitrine d'un magasin chic, irréprochable, avec ses emmanchures américaines, son plissé large côté jupe, son corsage ajusté et ce crêpe à la fois fluide et lourd qui tombait impeccablement. J'étais entrée pour l'essayer. Devant le miroir dans la cabine, je m'étais vue comme ces clichés d'actrices des années 1950 qui accomplissent cette concordance rare entre une image parfaite et désirable et une autre, figée et fausse. La vendeuse ne cessait de me dire « c'est seyant qu'est-ce que c'est seyant ça vous sied à ravir ». Au bout de dix longues minutes, j'avais cédé, et dépensé le montant de ma semaine pour l'acquérir.

Un coup d'œil à l'horloge de ma cafetière me sort de ma rêverie. Mon rendez-vous est dans une heure. Je souris à mes souvenirs, j'avale mon café et je pars à la hâte rejoindre Victoire.

— T'as le trac ? dit-elle en m'ouvrant la portière de sa voiture.

— Un peu.

— Faut pas. Ça va bien se passer. Ils adorent l'adaptation.

Je voudrais la croire. Mais j'ai peur. Mon corps est en train de fondre.

Le hall du théâtre est splendide. Le ciel colore d'un bleu franc la verrière au-dessus de nos têtes et le soleil promène sur nous ses rayons à la façon d'une poursuite. Une grande scène se prépare, sous le projecteur inespéré d'un soleil d'avril.

Le directeur Stéphane Mench préside une longue table rectangulaire, où se tiennent la responsable des publics, l'administratrice et les deux garçons de la com', un couple ultra looké et aux dents pourries. Nous nous installons, tandis qu'une jeune fille dispose des bouteilles d'eau, du chocolat, une corbeille de fruits. Au milieu de la table trône un bouquet d'arums. Et devant chaque place, une brochure, qui attend sagement d'être ouverte.

— Bon, commence Mench. On est vraiment contents de vous avoir ici. Victoire, et vous aussi d'ailleurs, ajoute-t-il à mon adresse, vraiment bravo.

Puis après avoir émis un minuscule *prout* de satisfaction avec sa bouche, il répète :

— Non vraiment bravo pour cette adaptation parce que c'est… (*prout*).

— Merci, répond Victoire dans un hochement de tête très maîtrisé.

Je souris.

Il nous regarde tour à tour Victoire et moi en plissant des yeux experts. Comme s'il cherchait à ajouter quelque chose – de plus intelligent ? de plus percutant ? –, mais rien ne vient.

L'administratrice se lève discrètement et va lui dire un mot à l'oreille. Il acquiesce.

— Oui, Catherine me fait très justement remarquer que vous devrez remplir une petite fiche à l'issue de la lecture, une fiche de renseignements, je vous laisse voir ça, vous connaissez par cœur, les intermittents passent leur temps à remplir des fiches ! Enfin bref. Alors je crois que… je ne sais plus si on se connaît tous ? Bon, les autrices, bien sûr on ne les présente plus. Même si, enfin bon !

Même si quoi ? Mystère. Le couple de la com' se marre et je commence à ne plus rien comprendre à cette réunion ultra codée. Même Victoire rit de manière un peu contrite et je ne parviens pas à savoir si c'est de gêne ou de connivence.

— Bref, reprend le directeur en se raclant la gorge. Vous mademoiselle, c'est Brava, c'est ça ?

Et pan. Premier coup de carabine.

— Non, répond Bianca aux 600 000 followers. Moi c'est Bianca. Bianca Bravi.

Dans sa petite robe blanche, elle ressemble à un chou. Une religieuse, un truc comme ça. Un gâteau, en tout cas. Quelque chose d'un peu appétissant et fourré. Puis Mench continue son tour de table.

— Et vous ? demande-t-il à l'un des acteurs du Coward. J'ai l'impression qu'on se connaît…

— J'ai passé une audition pour vous il y a deux ans.

— *Prout.* Aucun souvenir. (Deuxième coup de carabine.) Vous lisez Eugène, c'est ça ?

Deuxième coup de carabine. Je sors mon portable et envoie un texto à Victoire : « il a quoi, Eugène ? 12 / 13 ans ? ;) »

Victoire attrape son téléphone, émet un petit rire rentré et tapote quelque chose sur l'écran. « 22 ». Puis elle le repose, s'accoude sur la table et croise ses mains sous son menton, très grande dame. J'aimerais continuer nos blagues mais je vois bien qu'elle a remis son petit sérieux. Tant pis. Mon cœur bat de plus en plus vite.

— Bon, toi, Antonin, on a déjà travaillé ensemble... Je suis content de te voir même si je suis fâché que tu me fasses des infidélités, salopard !

— Engage-moi quand tu veux Stéphane !

— Pas maintenant que t'es passé chez l'ennemi, mon vieux. Le théâtre privé, les têtes d'affiche, tout ça. Tant pis pour toi espèce de connard !

Pan. Un troisième.

— Hahaha, je plaisante mon grand !

Il lui ébouriffe les cheveux dans un élan paternel tout en répétant entre ses dents « Salopard, salopard ! ». Antonin sourit et baisse légèrement la tête, puis tente discrètement de remettre en place sa chevelure. On dirait un gigantesque fils inquiet. Il attrape son crayon à papier et commence nerveusement à le faire tournoyer entre ses doigts. Je n'ai jamais su faire ça. Je suis hypnotisée par ce mouvement, et plus encore par les mains qui l'exécutent. De grandes et belles mains dont on aimerait qu'elles vous prennent, vous serrent, vous caressent. Les grandes mains d'un gigantesque enfant sombre, à la bouche sensuelle comme un puits d'amour malade. Antonin Brusque. Je connais son nom depuis toujours, mais je ne l'ai jamais vu jouer. Combien sommes-nous à n'être qu'une ombre derrière un nom ? Je suis sortie de ma rêverie par une voix féminine qui jusqu'ici ne s'est pas manifestée.

— Il faudrait commencer, Stéphane, dit-elle d'un air navré, tout en tapotant ostensiblement sa montre et hochant son petit crâne d'oiseau de droite à gauche ainsi que le font les Indiens d'Inde.

Puis, s'adressant à nous, comme si elle venait de remarquer notre présence :

— Pardon je ne me suis pas présentée. Je suis Cécile, de l'accueil des publics. On a prévu un petit pot après la lecture, alors on ne doit pas tarder... Voilà c'est tout. Pardon. Et maintenant, je me tais. Plus un mot.

— Bon ça y est Martine, t'as fini ? dit Mench, qui envoie un nouveau coup de carabine.

— Moi c'est Cécile, rectifie-t-elle timidement sans paraître vexée le moins du monde.

Une heure et vingt minutes plus tard, la lecture est terminée. Elle n'a pas été si laborieuse. Pourtant, en dehors de Victoire et moi, les autres découvraient quasiment le texte. J'ai été frappée en tout cas par la qualité du personnage de Mushu – un peu moins par la prestation de Victoire – mais le rôle, lui, fonctionne vraiment bien. C'est d'ailleurs la première chose dont il est question dans la conversation qui s'engage.

— Non, formidable, vraiment formidable, dit Mench en repliant et fourrant ses lunettes dans la poche de sa chemise auréolée. C'est véritablement le personnage qui épaissit le propos.

— Oui, dit l'un des garçons de la com'. C'est intéressant. Il a le recul.

— Le recul, oui, ajoute l'autre. Tout à fait, c'est exactement ça, le recul. J'aurais pas trouvé.

— Ah bon, et t'aurais dit quoi, Antoine ? demande Catherine, consternée.

— Justement, Catherine, j'aurais pas dit.

La jeune hôtesse dispose des coupes et un seau à champagne. Bianca est déjà sur son portable, en train de mitrailler les environs et de se prendre en selfie, dont elle gave ensuite son compte Insta. À mon tour, je me rue sur mon téléphone. Dans sa story, je me vois en photo avec ce commentaire :

> Lecture théâtre de la Coulée // Ogène Eunéguine // avec Victoire Delambre et sa meuf ! De la balle.

— « Eunéguine » ça s'écrit avec un O en fait ? demande-t-elle à la cantonade, qui ne lui répond pas.

Victoire est maintenant en pleine conversation avec Mench. Je la vois se contorsionner, rire en jetant la tête en arrière ou regarder soudain ses pieds, ses yeux lançant des appels comme deux petits phares papillotant. Avec ses cheveux emmêlés et son visage d'enfant, avec son jean taille basse, son chemisier fleuri et le diamant qui brille en permanence au creux de ses seins, avec sa minceur ravissante, elle est fascinante. Il est absolument impossible de lui résister. Et certainement pas Mench qui la dévore des yeux avant de tourner brusquement la tête dans ma direction. Ils me fixent tous deux, sourient et font des signes d'acquiescement à mon adresse. Sur les lèvres du directeur, je vois se dessiner un nouveau *prout* de satisfaction. D'un mouvement de tête il me propose d'approcher puis s'écrie : « Champagne tout le monde ! » Le bouchon du magnum résonne en une fracassante détonation qui arrache un petit cri à Bianca restée scotchée sur son portable.

— Bravo, hein, me dit-il quand j'arrive. Belle lecture ! Mais alors dites-moi, comment vous est venue l'idée du narrateur, qui est drôle d'ailleurs, ce narrateur… faudra pas se planter sur l'acteur, là, Victoire ! Hein ? T'as déjà une idée ?

Je remarque qu'il tutoie désormais Victoire. Je remarque surtout qu'il m'a posé une question mais que ma réponse ne l'intéresse nullement. Il me tourne le dos. Un attroupement se forme autour de lui. Les acteurs, le couple de la com' s'avancent à leur tour, et Cécile qui n'a cessé le petit mouvement de son crâne d'oiseau. Catherine emplit les coupes.

Je me sens infiniment seule. Mon téléphone sonne. Je m'éloigne de quelques pas pour répondre à mon père en chuchotant.

— Écoute ma biche. Je ne sais pas ce qu'il se passe ici, tout le monde me souhaite ma fête. « Bonne fête bonne fête. » C'est grotesque. Quand est-ce que tu viens me voir ?

— Je te rappelle.

Je retourne vers le groupe où la conversation se poursuit autour de la pièce, d'Antonin, et du narrateur qui n'en finit pas de susciter des commentaires. « Un procédé d'ironie tragique, en fait » « Tragique, oui c'est vraiment le mot ! » Les phrases fusent comme des balles.

Tout à coup celle qui semble s'interdire de parler en temps normal attire l'attention. Cécile, peu à l'aise dans son jean délavé et son pull mauve qui la boudine légèrement, s'écrie :

— C'est vrai, dit-elle. Finalement c'est avec lui, avec le narrateur qu'on se dit… qu'on se dit…

On la sent au bord des larmes.

— Qu'on se dit quoi ? demande Mench.

— Eh bien qu'on se dit : c'est quoi une vie ? Qu'est-ce qu'on a fait dans sa vie ?

Un silence plombe l'assistance, que Mench rompt grassement.

— Alors raconte-nous Martine, ce que t'as fait, toi, dans ta vie.

À vue d'œil Cécile a 50 ou 55 ans. Je dois être à mi-chemin entre elle et le jeune acteur de 22 ans. Et tout à coup je me demande moi aussi ce que j'ai fait dans ma vie, tandis que mon cœur continue de subir les assauts d'un tic-tac effrayant.

— Oh moi tu sais, Stéphane, si j'avais pu, j'aurais fait autre chose, répond-elle. Ça passe si vite ! Quand on est jeune, on croit que ça durera toujours. Mais c'est pas vrai. Un jour, c'est fini et on se dit : qu'est-ce que j'ai fait ? J'ai été qui, dans cette histoire qui s'est racontée sans moi ?

— Champagne pour Martine ! hurle Mench.

— Si tu pouvais arrêter de m'appeler Martine, Stéphane, ça me ferait vraiment plaisir. J'ai un prénom.

Mon père rappelle. J'actionne la fonction transcription des messages vocaux mais une brutale envie d'être téléportée dans ses bras me saisit à la gorge et je repense à ce jour de l'attentat de la rue de Rennes. Une bombe avait été déposée dans une poubelle devant Tati, tuant plusieurs femmes et enfants. Je devais avoir 7 ou 8 ans. « Ah les salauds, les enfoirés, les immondes crétins surréalistes qui se sont pris pour des seigneurs ! » Il hurlait tout en courant comme un dément dans l'appartement, jurant, pleurant, passant de vains coups de fil, pour espérer, sans doute, en la partageant, se délester de sa peine. Puis brusquement il m'a regardée : « Mais j'y pense ? Devant ton école, il y a une poubelle ? On y va tout de suite ! Ah si j'avais un chauffeur ! On irait plus vite ! » Et il a saisi sa veste, sa clé, m'a tirée par le bras et fait dévaler les escaliers avec lui comme un fou en direction de la place Suzanne-Valadon. Si j'avais un chauffeur, je partirais d'ici, j'irais me blottir dans ses bras.

La réunion touche à sa fin. Petit à petit chacun entreprend de récupérer ses affaires et d'entamer sa série d'au revoir.

— Photo d'équipe ! dit Bianca.

Sa petite robe bouffante fait frou-frou tandis qu'elle installe le portrait de famille devant le buffet où s'amoncellent des débris. « Serrez-vous ! » Le groupe se serre, se contorsionne, des grimaces et des pitreries se dessinent sur les visages et dans les attitudes, tout le monde en a marre, on dirait, mais tout le monde joue le jeu, le jeu d'une grande scène de comédie ponctuée par les coups de carabine de

Mench qui a entrepris d'en assassiner tous les protagonistes. « On ne bouge plus. J'arrive ! » s'écrie la petite religieuse blanche venue poser à son tour devant cette famille soudée et heureuse, qu'aucun nuage ne trouble.

Puis c'est la séparation. Qui dure, avec son flot ininterrompu de bavardage superficiel. Le temps qu'il fait, le dernier match de foot, les frasques du gouvernement, le jeûne intermittent, le retour des comédies musicales, tout y passe. Les risques que ne prennent plus jamais les théâtres privés – à cause du star system, dit Mench, comme en 1990 –, la prédominance des images, le mouvement metoo, la fonte des glaces et la disparition des ours polaires. Le déclin de l'Europe, les nouvelles fonctionnalités de l'iPhone 15. L'inéluctable montée du bloc Chine-Russie, comment s'y prendre pour faire une demande à l'univers, la destination de Bianca pour les prochaines vacances, le cinéma d'auteur est-il mort, tout, vraiment tout y passe. Quelque chose dans ce flot ininterrompu de paroles et de sujets me fait basculer dans un désagréable engourdissement, c'est le monde en expansion, où tout a la même valeur, et où plus rien n'en a, pas plus Bianca que Mench, que moi ou que Victoire. Et ça continue, Tik-Tok, les travaux du grand Paris, la menace islamiste, les confinements 1, 2, 3, les néoruraux. La seule certitude que j'ai à cet instant est qu'il est impossible de comprendre le monde, que celui-ci n'est pas une totalité unifiée, structurante, mais le résultat aléatoire et toujours éphémère de pratiques humaines. Et que je n'ai jamais su y trouver ma place. Je me sens une balle perdue dans mon époque et le tic-tac effrayant dans ma poitrine m'informe désormais d'un funeste présage.

Je ramasse mon sac, ma veste, ma brochure, et commence à dire au revoir. Je tourne la tête en direction de Victoire mais elle ne me voit pas, ne me regarde pas, ne m'adresse pas la parole et continue de parler à Mench. Je ne sais pas pourquoi je ne vais pas les voir. Peut-être pour me donner le sentiment – l'illusion ? – que j'ai ma place, acquise, inébranlable, dans cette journée, dans cette lecture, dans ce projet ? Ou bien plus probablement parce que je crains quelque chose. Quelque chose qui va me faire du mal. Un attentat se prépare contre moi. Quelqu'un s'apprête à me frapper, je le sens, comme on sent le vent tourner. Lentement je traverse le hall, un sourire se dessine malgré moi sur mon visage. Quelques nuages passent, innocemment, dans le ciel. Pour ne pas flancher, je ferme les yeux en direction du soleil de cette fin de journée d'avril et je souris, mais je trouve que la vie n'est absolument pas douce. Victoire et Mench, en tête, poursuivent leur conversation. « Tu me tiens au courant pour Tatiana », dit-il. « Oui, répond-elle. »

Pan. J'attrape ma nuque. Un coup m'a été donné. Je jure qu'un coup m'a été donné derrière la tête. Je rouvre les yeux. Victoire s'est retournée et, croisant furtivement mon regard, me sourit en inclinant son visage dans un élan de compassion pathétique qui lui fait un pli disgracieux dans le cou. Mes jambes voudraient tomber mais bizarrement elles continuent d'avancer sans moi. Mon sourire a dû s'effacer. « Je verrai ça directement avec son agent. C'est qui déjà ? » Une nuée d'oiseaux migrateurs traverse le ciel dans un cri déchirant. À son passage un nuage est laissé pour mort, déchiqueté.

Le directeur de mon école s'appelait monsieur Refort, mais ce jour-là, mon père n'a cessé de l'appeler Roquefort, l'émotion était trop grande : « Ah ! Monsieur Roquefort ! Il faut absolument retirer la poubelle qui se trouve en face de l'école ! Comment pourquoi ? Il ne vous a pas échappé qu'une bombe a explosé cet après-midi et que cette bombe était cachée dans une poubelle ? »

J'avais 7 ou 8 ans ? Je ne m'en souviens plus. C'était il y a si longtemps. Je me souviens du visage impassible de monsieur Refort. J'avais peur et j'avais honte. « Viens papa, c'est pas grave on s'en va. » « Vous êtes complètement fou », disait le directeur. « Ah je suis fou monsieur Roquefort ? Je suis fou ? Alors très bien ! Parfait ! Regardez-moi bien ! Regardez-le bien le fou ! » Il était monté sur la poubelle, s'était redressé péniblement dessus, et debout maintenant il avait mis ses bras en croix comme un Christ. « Qu'ils viennent maintenant poser leurs bombes ! Je resterai là, debout, face à eux, sur ma poubelle ! Je ne baisserai pas les yeux ! Je n'ai pas peur ! Qu'ils viennent ! » Il hurlait. Quelques passants s'arrêtaient pour le regarder. Une fenêtre s'était ouverte au-dessus de la boulangerie, et une femme faisait des gestes de démence en moulinant son poignet contre sa tempe. J'aurais aimé disparaître dans la poubelle. Ne jamais plus exister là, sur cette Terre où pour toujours je serais l'enfant d'un fou, d'un vieux fou, un vieux fou malade d'amour. Mais mon père insistait. « Je serai là ma poupée ! Je serai là ! Je guetterai les bombes, je te protégerai ! Et tant pis s'il faut crever. »

Il avait continué comme ça un moment jusqu'à ce qu'une douleur brutale le saisisse à la poitrine. D'un coup il s'était tu, haletant, essoufflé. On était vite rentrés. Ma mère qui était là avait appelé le Samu. On était venu le chercher. Il faisait un infarctus.

Victoire et moi ne nous parlons pas sur le chemin qui nous mène à sa voiture. Nous savons toutes les deux qu'il va falloir le faire pourtant, crever cette poche de silence que nous avons gonflée ensemble et qui nous protège des coups de couteau, des blessures, de la déchirure de notre amour. Je ne pensais pas que l'on pouvait parler d'amour quand il s'agissait d'amitié. Jamais je n'aurais imaginé souffrir comme je souffre dans ce silence. Nous continuons de marcher, coincées ensemble dans cette insoutenable immobilité, et pourquoi ? Pour rien. Le gâchis est un principe gratuit.

Je m'arrête brusquement dans la rue, le regard fixe sur le trottoir.

— Qui jouera Tatiana ?

— Élise Schneider.

Il me faut un temps avant de ne serait-ce que comprendre les mots. Puis c'est un train qui me percute.

— Pourquoi tu ne m'as rien dit ?

— Je ne voulais pas te blesser.

— C'est ton silence qui est blessant.

— Putain j'en étais sûre. Ras-le-cul de tes psychodrames !

— Mes psychodrames ? Quels psychodrames ?

— Ras-le-cul des actrices avec leurs états d'âme et leurs psychodrames. Je savais qu'il fallait pas que je t'en parle. Quand j'ai essayé de le faire, tu m'as embrouillée avec tes peaux de canard ! De toute façon t'as pas l'âge de jouer Tatiana ! C'est ridicule ! Cette conversation est ridicule ! Tatiana a 20 ans, 25 ans tout au plus. Et puis pour que ça marche, il faut qu'elle soit belle !

Mon cœur se serre comme un gant de boxe mais je ne veux pas pleurer. Je ne veux pas donner raison à Victoire de considérer que ma peine est un psychodrame, pendant que moi, ce que je vis, c'est ma mort à l'intérieur. Alors ce que je fais, pour ne pas flancher, je prends mon cœur et je le piétine, et de cette serpillière les mots jaillissent soudain seuls, malades, nuls, impropres et tristes.

— Tu trouves ridicule de m'annoncer que je ne fais plus partie d'un projet que j'ai porté à bout de bras ? Ridicule de ne pas user d'un peu de tact, d'un peu de délicatesse, par égard pour l'amitié qui nous lie, juste ça, oui, un peu d'amitié, pour m'annoncer que tu m'évinces d'un rôle que tu me destinais, et quand bien même tu ne me le destinais pas, dont tu ne pouvais pas ignorer qu'il serait un sujet entre nous à un moment ou à un autre car la question se pose toujours pour un acteur de savoir comment il sera utilisé, je pèse mes mots, utilisé, oui, c'est-à-dire, au fond, s'il sera aimé, s'il sera choisi, s'il pourra dormir et rêver, soulagé et heureux d'avoir été choisi, tu ne l'ignores pas, que les acteurs sont au service des autres, de leurs désirs, tu me l'as dit toi-même dans un champ, dans le Perche, je m'en souviens, j'avais peur de ce que tu disais, j'étais terrifiée à l'idée que le soleil disparaisse, terrifiée par tes éclats de rire, l'avance que tu avais sur moi, sur le monde dont je savais qu'il finirait par m'anéantir, et pour l'éviter je me suis anéantie souvent, des petites choses, pas grand-chose, je ne peux même pas m'en souvenir, je sais juste que j'ai accepté souvent et avec le sourire encore de renoncer à ce qu'on ne me donnerait pas, l'assurance d'être aimée, et maintenant c'est trop facile de faire comme si tout ça n'existait pas, de faire comme si les acteurs faisaient toujours des psychodrames, quand on ne veut rien connaître de leurs désirs, ce désir qui poisse, transpire, exsude et les rend si indésirables, si peu aimables à vos cœurs. Les acteurs sont des personnes malheureuses, profondément malheureuses, et qui le cachent pour ne pas se faire disparaître définitivement. Tu n'ignores pas combien se sentir non désiré dissout toute valeur. Tu l'as toi-même vécu avec Élise Schneider. Et puis tu as été la première à me demander dans quel rôle je m'imaginais ! Et quand je t'ai répondu « Moi ? Tatiana », ce n'était pas clair ? Moitatiana c'est pas clair ? C'est pas clair ça ? Moitatiana ! Tu savais parfaitement que ce sujet en était un ! Mais ça ne t'arrangeait pas de m'en parler alors tu m'as tenue dans le silence. Et maintenant ma peine est un psychodrame… Ton mensonge me réduit à néant ! Réduit le monde autour de moi à zéro. Rien ! Plus rien n'existe que mon existence que tu piétines. Tu as vendu mon adaptation ! Parce que c'est mon adaptation ! Et puis tu t'es vendue ! Et à la fin, tu m'as froissée comme un brouillon, avant de me foutre à la poubelle. Mais je ne suis pas une marchandise !

Elle me regarde avec pitié.

— Bon ça y est ? T'as fini ton psychodrame ? Tu crois vraiment que ce projet se serait monté si je ne m'étais pas *vendue* ? Oui je me suis *vendue*, comme tu dis, et souvent. Je me suis vendue parce que le monde est comme ça.

— Non ! Tu es comme ça ! C'est un choix ! On fait des choix !

— Ils mettent 50 000 euros ! Ce n'est pas mon choix ! Je vais te la dire la vérité. Ils voulaient un nom et tu n'en as pas !

Mon crâne explose sous la bombe. Les mots résonnent et elle répète.

— Tu n'as pas de nom ! Pas de nom ! Le monde s'achète et se vend ! Et ce qui ne se vend pas n'existe pas ! Oui c'est une triste réalité mais c'est la seule qui existe ! Sur quelle planète est-ce que tu vis ? Reviens sur terre ! La réalité je vais te la dire : Élise Schneider le trouvait fade, le rôle. Elle a failli le refuser. Tu te rappelles la fois où je t'ai demandé de revoir le personnage de Tatiana ? C'est pour ça. Et cette fois-là, je ne t'ai rien dit parce que je voyais bien que tu étais fragile avec ton père.

— Écoute, laisse mon père là où il est, Victoire. Tu ne comprends rien au monde. Parce que tu ne le vois pas, tu ne le regardes pas. Il n'y a pas les vivants et les morts, la lumière et les ténèbres. Et mon père n'a jamais été aussi vivant qu'en ce moment où tu m'assassines.

Mon cœur crève et je tombe au sol. Ma peine me recouvre comme un seau d'eau. Mon chagrin est trop honteux. J'ai honte d'avoir rêvé, honte de mes rêves de gloire, honte de cette vieillesse qui me poisse, oui honte, j'ai honte trois fois, mes rêves sont misérables, les rêves d'un corbeau narcissique qui s'imagine glorieuse dans le regard des autres, et j'en veux à mon père de m'avoir fait poursuivre des chimères, entraînant aujourd'hui ma propre misère, celle des perdants, des vaincus et des pauvres hères. Honte à moi encore qui accuse cet homme sacré, cet homme d'amour prêt à recevoir les bombes contre un monde qui a divisé les êtres humains entre ceux qui se marchandent et ceux qui disparaissent.

Victoire se laisse tomber à mes côtés sur le trottoir.

— J'ai fait ce que j'ai pu. Mais qu'est-ce que je te dois ? Franchement. Qu'est-ce qu'on se doit ?

— Rien. Quand on se donne, effectivement, on ne se *doit* rien.

Victoire balaie ma jeunesse. Mes luttes. Balaie mes espoirs, piétine ce ventre que j'ai montré, les sourires que j'ai donnés. Victoire balaie ma jeunesse, et où est-elle ma jeunesse ? Où a-t-elle disparu ? Victoire balaie ma jeunesse et je me vois maintenant pour toujours courir derrière elle, courir derrière ce train qui vient de me percuter et qui emporte tous les rôles, tous les possibles, tous les espoirs, et dans lequel elle est montée.

Je me tourne vers elle. Son regard est triste. J'y vois mon reflet, celui d'une veille qui ne fera plus rêver quiconque.

— C'est la réalité, répète-t-elle. La triste réalité.

Je me lève et une fois debout, le monde se disloque et m'ouvre en deux. Un rideau tombe à mes pieds, clôturant cette scène que nous avons jouée en pleine rue devant des passants médusés, me séparant à jamais du secret de mes espérances.

Alors la forteresse qu'on a construite s'effondre d'un coup, comme ces immeubles qui sont atomisés de l'intérieur, me laissant moi-même démolie, sans toit, sans aucune protection contre le monde que je redoute. Il n'y aura aucun soleil éternel. Et ce qui se détruit ne se situe pas dans la *réalité*, supposée triste. Ce n'est pas ma déception de ne pas jouer le rôle, ni les mots blessants de Victoire. Ce n'est même pas son silence. Non. Ce qui se détruit est beaucoup plus petit mais beaucoup plus grave. Ce qui se détruit, c'est la douceur. La possibilité du rêve. Ce qui se détruit est la croyance dans l'immunité du cœur.

« Combien d'échos il porte en lui ! »
Chapitre 7

« Bien ma biche c'est ton papa. Écoute c'est complètement mystérieux ce qui se passe ici. Je ne comprends plus rien. Tout le monde vient me voir pour me fêter. Bonne fête Georges. Bonne fête Georges. Si tu peux te renseigner à ce sujet et me rappeler. Voilà. Je t'embrasse mon Kiki. Au revoir. »

« Se brûler, certes, la cervelle
Il n'en éprouva point l'envie
Mais fut plus froid devant la vie. »
Chapitre 1

Du temps passe. Plus que jamais je me laisse porter par le cours des jours que j'occupe en partie dans mon lit, en partie au piano, ou encore à la terrasse du Soleil de la Butte. J'y goûte des joies simples, comme celles qu'offrent un rayon de soleil, l'odeur d'un café ou le doux brouhaha des vies autour, et où l'on guette son propre silence non comme une solitude sèche, mais comme la présence en soi d'un monde intérieur riche, paisible, inaliénable.

À cette période, l'état de mon père évolue de façon étrange. Sa volonté propre semble s'atténuer. Alors qu'il a toujours été si vindicatif, en particulier sur son projet de fuite imminente, son désir de retourner chez lui paraît à présent s'effacer. Il s'est mis à vaquer. À errer. Non pas dans un état de perdition, mais plutôt dans un état de découverte. Il est en visite en lui-même, et y explore de nouveaux pays. Le premier d'entre eux, c'est une acceptation nouvelle de son cadre de vie. Il n'est plus jamais question d'aller à Marseille. Et, même, un jour où je lui rends visite, il me redit cette chose qu'il répétait fréquemment lorsque nous faisions un tour au parc, que ce serait plus tard la chose qu'il regretterait ici, le parc. Mais cette fois il ajoute que ça n'a aucune importance, puisqu'il y reviendra, qu'il y reviendra à la fin de l'été.

Devant nous se dresse un petit arbre mort que je n'ai jamais remarqué.

— Regarde, me dit-il. Un arbre mort. C'est merveilleux un arbre mort. J'en ai peint, souvent, des arbres morts. J'ai toujours aimé ça, les arbres morts. Ce dépouillement.

On continue à marcher. Je le tiens par un bras. De l'autre, il s'aide avec sa canne. Je sens son petit corps amaigri, chancelant, et je me demande comment il fait pour résister. Son enveloppe fragile me frôle par moments et je suis fascinée que celle-ci contienne encore un homme, une vie, mille vies. Un avion passe dans le ciel. Il lève la tête et dit : « Regarde ! Il vole à dix mille mètres au-dessus de nous. C'est extraordinaire. » Plus tard, lorsque nous sommes assis sur le banc, c'est devant une fourmi qui effectue un petit parcours zélé à nos pieds qu'il s'extasie : « Regarde ! Elle porte mille fois son poids. Et elle est toute petite. C'est merveilleux. »

Plus mon père s'approche de la fin, plus il me semble qu'il ne chute pas mais qu'il s'élève. J'en tire une sorte de réconfort. Comme ce jour où je viens déjeuner avec lui et où il m'annonce qu'il a de nouveau envie de travailler.

« Ah, je me suis senti renaître
Quand, au lointain, j'ai vu paraître
Ces parcs, ces dômes, ces palais –
Oui, le plaisir que ça m'a fait. »

Chapitre 7

— C'est formidable. Je n'en avais plus envie, et puis c'est revenu. Un projet pharaonique. La vision m'est venue depuis mon lit, quand j'ai vu les plis extraordinaires que faisait ma veste sur la chaise, et qui m'ont immédiatement rappelé les plis de la toge rose du Christ de Piero. Extraordinaire ! J'ai tout dans ma tête ! Une grande composition avec plein de personnages à des plans variés et dans des rapports plus ou moins proches les uns des autres. Il y aura un grand paysage dans le fond, et peut-être même les traces d'une maison tout à fait à l'arrière-plan, une villa italienne, une villa Médicis, très blanche, à l'horizon lointain, bien derrière ces vies des premiers plans. Une maison blanche, avec un petit arbre mort devant.

Son désir de peindre est revenu dans sa vie en ruines. Mon père n'est pas mort, et il va peindre, comme toujours, comme avant, comme ces matins de mon enfance où brusquement, depuis le lit où je dormais, j'étais réveillée par des bruits de pas énergiques, d'objets qu'il manipulait, chaises et tables qu'il tirait, déplaçait, repositionnait, d'une manivelle qu'il actionnait, le tout accompagné de sifflements joyeux, de soupirs, parfois de jurons quand un objet tombait à terre ou que quelque chose lui résistait. Parfois aussi, un rire, un mot ou un rot venaient étayer cette bruyance, et signaler qu'une digestion profonde avait opéré. Alors je me levais et à petits pas je me dirigeais vers l'atelier tandis que les bruits avaient laissé la place à un silence religieux, d'où seuls émergeaient les frottements d'une caresse particulière, celle du fusain qui glisse sur la surface vierge d'une toile. Je me postais dans l'encadrement de la porte et j'observais mon père, debout devant son chevalet. Autour de lui toute une mise en scène avait été organisée, une nappe posée de façon à rendre le dessin de ses plis, des jarres, des fruits, des poissons, une fenêtre ouverte, des pipes, des amphores, objets que j'avais l'habitude de voir disséminés dans la pièce sans y faire attention et qui s'érigeaient soudain dans une lumière nouvelle. Face à lui, fermement arrimée au chevalet, la toile blanche. Sur cette étendue vide, je voyais peu à peu surgir les traits d'une composition mûrie intérieurement parfois pendant de longs jours. Des jours que mon père avait passés à réfléchir sur son lit ou en marchant, à dessiner dans ses carnets, à observer les fenêtres de son atelier dont il prolongeait indéfiniment les vues, au-delà des marronniers, des toits en zinc et des nuages, comme s'il avait été le seul à pouvoir puiser dans ces nuages, ces toits et ces arbres, une autre vérité. Dans ces périodes de mûrissement, souvent je me levais et trouvais un mot sur son bureau ou sur la table de la cuisine disant qu'il partait se promener. « Je vais aux Buttes-Chaumont » « Je vais au parc Monceau » « Je vais à Bagatelle ». Je savais alors qu'il se rendait au contact d'une nature quelconque et que ses déambulations parmi l'eau et les arbres nourrissaient des projets intérieurs dont il ne parvenait pas encore à distinguer les contours et les formes, ni même parfois l'existence, puisque toujours ses tableaux le précédaient.

Je le regarde et une vague d'espoir me soulève le cœur :

— Mais c'est génial ! Quelles dimensions aura ton tableau ? Tu veux que j'aille t'acheter du matériel ? Un châssis ? De nouveaux pinceaux ? Des couleurs ? Je pourrais aller chez ton marchand de couleurs habituel et…

— Oh non c'est inutile, j'ai tout dans ma tête.

Il se tait et me regarde sans me voir. Puis il rit doucement. Aucun mot n'est à même de poursuivre l'explication d'un monde qui se dérobe. Je comprends dans ce repli que, désormais, mon père peint en lui-même. Alors, depuis la rive intérieure où il a accosté, il ajoute :

— Je n'ai plus du tout de dents en haut, hein ? Plus rien. C'est assez chiant. Alors j'en suis là : je réduis tout en bouillie. La viande, la purée, les légumes, la bouillie. Et même les explications. Je n'ai pas envie de perdre mon temps à expliquer les choses. J'ai tout dans ma tête. Et tant que j'aurai de la force pour peindre, je peindrai.

J'AI TOUT DANS MA TÊTE

Ce jour-là, je sors de mon sac un cahier, un stylo et je note : *peindre dans sa tête*. Puis nous allons déjeuner.

« Je serais triste de quitter
Ce monde sans laisser de trace. »
Chapitre 2

— Tu vas voir, je partage ma table avec un type… Il m'énerve horriblement. Je te le décris : il s'en va et il vient.

— Et ?

— Sans dire un mot. Absolument sans un mot. Ça m'emmerde.

— Pourquoi tu partages ta table avec lui ?

— Mais c'est lui qui a demandé à être avec moi !

— C'est qu'il t'aime bien.

— Absolument, il m'adore ! Je ne sais pas très bien pourquoi. Je ne lui parle quasiment pas. Il y a des moments où je lui parle un tout petit peu parce qu'il me fait pitié. C'est un type qui est très diminué. Très très diminué.

Nous descendons au réfectoire. À table, je salue poliment l'homme diminué mais il ne me répond pas, il ne semble même pas me voir.

— Tu vois ! dit mon père, il ne réagit pas. C'est un légume. Une courgette ou quelque chose comme ça. Tant pis. Assieds-toi ma poupée.

L'homme diminué se met à produire des sons indistincts.

— Qu'est-ce qu'il veut ? demande mon père.

— Je ne sais pas. Demande-lui !

— Qu'est-ce que vous voulez ? demande-t-il à l'homme diminué qui reproduit une sorte de gargarisme.

— …

— Hein ? J'comprends rien. Tu vois il est complètement hors course. Il sait pas parler. Il grommelle. C'est insensé. Ne t'occupe pas de lui. Il est sourd.

— Ah bon, en plus ?

— Oui oui sourd comme un pot. De toute façon c'est un broutard. Tant pis. Laisse. Qu'est-ce qu'on disait ?

— Rien encore.

— Alors tu sais qu'il y a des centenaires ici.

— Ah oui ?

— Absolument. Cette femme par exemple, me dit-il en me montrant une petite femme flétrie et ratatinée comme une vieille pomme, elle a 150 ans.

— 150 ?

— Ou 105 peut-être. Oui. Bon c'est un détail. Tu vois c'est amusant l'autre jour je croyais qu'on était encore au XXe siècle. Mais on est au XXIIe siècle !

— XXIe plutôt.

— Tu me demandes de me souvenir des détails du calendrier. Mais ça ne m'intéresse pas du tout ! De toute façon tout ça est très compliqué. Par exemple la recherche médicale prouve que la durée de la vie humaine a considérablement augmenté. Mais enfin on peut très bien mourir dix ans après être né. C'est très compliqué. L'autre jour je regardais mon livre sur Piero et…

Il s'interrompt brusquement pour observer ce qui vient d'arriver dans son assiette. Une sorte de tas cylindrique d'une couleur indéterminée, genre gris chaud, un gris avec du rouge. Tout autour, un filet vert entoure gracieusement le petit tas.

— Qu'est-ce que c'est que ça ?

— Une terrine de légumes, monsieur.

— Terrine de légumes ? Regarde-moi ce petit tas tout flasque, tout flageolant. Immonde. Bon tant pis. Qu'est-ce que je disais ?

— Tu parlais de ton livre sur Piero.

— Oui c'est ça. Alors si tu fais le calcul : le Quattrocento, c'est quatre ans en arrière. Bien.

— Quatre ans tu es sûr ?

— Enfin disons quatre cents ans. Et là, sur qui on tombe ? Louis XIV. Le Roi-Soleil. C'est vertigineux ! C'est une broutille en somme. Tu sais que Louis XIV dansait très bien ?

— Ah oui ?

— Ah oui. Il dansait très bien, et quand il y avait des parcours, les gens applaudissaient les danseurs, mais ils savaient qu'en priorité, ils applaudissaient Louis XIV. Qui était d'ailleurs très content, car il savait que c'était lui qu'on applaudissait prioritairement. Fantastique ! Il y avait à cette époque une politesse formidable. Et qui était adoptée par tout le monde. Madame Deligny est une descendante de Louis XIV. Tu savais ça ?

— Tu m'as dit, oui.

— Je t'ai dit aussi qu'on allait se marier ?

— Ah non. Ça tu ne me l'as pas dit.

— Oh ben je te le dirai.

Les époques tournoient dans son imaginaire et lui dans ces époques. Les années sont devenues des siècles, les siècles des minutes, le temps se distend ou se contracte indifféremment dans une sorte de chewing-gum où il lui est possible sans limites de naviguer.

Il existe depuis des siècles et il lui reste l'éternité.

Après le déjeuner, nous remontons dans sa chambre et je l'aide à se coucher. Puis dans un murmure il me fait cette confidence :

— Tu vois, ce que je voudrais laisser ici, c'est une trace.

— Une trace ?

— Oui. Je pourrais décorer cette chambre. Elle porterait mon nom. Ma main n'est plus sûre, mais la couleur ça me connaît, c'est mon métier. Je crois d'ailleurs que je pourrais faire une seconde carrière de décorateur de théâtre et de cinéma.

— À ton âge ?

— À mon âge. Absolument. Et pourquoi pas ? Hein ?

— Oui. Pourquoi pas.

Petit à petit il ferme les yeux.

— Le type qui m'avait énormément influencé c'était Bergman.

Il continue à parler. Doucement.

— Qui a été d'abord un metteur en scène de théâtre avant d'être le cinéaste qu'il est devenu par la suite. C'était formidable ce qu'il faisait, absolument formidable.

Prenant des temps immémoriaux entre les phrases.

— Il y avait Bergman et puis il y avait heu…

Se berçant une dernière fois.

— … je ne sais plus. Formidable.
Des gens extraordinaires.

À ses propres rêves.

Puis il s'endort.

— Par contre la mère Garbo
c'est une exécrable comédienne.

Enfin pas tout à fait.

— Greta Garbo. Très mauvaise.
Rien à voir avec Audrey Hepburn.

« Où j'ai souffert, où j'ai aimé, Là où mon cœur reste inhumé »
Chapitre 1

Et un matin, je reçois un message de Victoire. Elle veut que l'on se voie.

On ne s'est pas reparlé depuis la lecture il y a trois semaines. Cette scène que nous avons vécue au théâtre de la Coulée est devenue ma prison mentale. J'aurais aimé qu'elle n'ait jamais eu lieu mais elle a eu lieu. La scène se joue depuis et se rejoue sans cesse dans ma tête. J'ai espéré m'en vider, en finir, j'ai espéré l'épuiser, mais la seule chose que je suis parvenue à épuiser, c'est moi. Juste moi. La scène, elle, a conservé son éclatante cruauté.

Je me rends au rendez-vous dans notre café habituel. Victoire tient dans les mains un petit paquet qu'elle me tend. C'est un album pour enfant. *Devine combien je t'aime.*

Les chiffres, toujours ! Comme si l'amour était comptable.

— Tu connais ?

— Non. Ça a l'air joli. Merci.

Une vague de sentiments contradictoires me submerge. Ce qui me secoue n'est pas seulement que le titre du livre contienne un aveu d'amour. Notre lien a été trop abîmé pour qu'à ce stade toute manifestation de tendresse ne me parvienne pas comme détraquée ou artificielle. Ce qui me terrasse est précisément qu'elle se sente à l'aise avec ce type de manifestation. Qu'elle soit suffisamment extérieure à notre amour pour le réduire à un paquet. Un mot d'excuse. Quand moi, je suis entrée dans la nuit. Victoire me parle depuis un pays que nous ne traversons plus ensemble. Et dont elle m'a chassée. Elle commence.

— J'ai énormément réfléchi. Ce qui s'est passé entre nous m'a retournée.

— Moi aussi.

— Voilà. Écoute... Quand je t'ai proposé d'écrire avec moi, c'est avec toi que j'avais envie d'écrire. C'est à ton regard que je me suis adressée.

Quand les gens vont-ils cesser de me parler de mon regard ? De mes yeux ? À quoi me sert-il d'avoir les yeux d'Audrey Hepburn si c'est pour rester dans les ténèbres ?

— Je vois, oui. Et ?

— Depuis longtemps je suis persuadée que ton regard sur les choses t'apportera plus que celui des autres posé sur toi. Je suis même intimement convaincue que tu n'aimes pas tant que ça que l'on te regarde et que jamais tu ne te sens plus libre que quand c'est toi qui vois.

Je regarde Victoire. Je la vois soudain comme je ne l'ai jamais vue.

— Écoute, reprend-elle. Je sais que ça peut te paraître bizarre comme proposition. Mais voilà. J'aimerais que tu racontes l'histoire.

— Quoi ?

— Je voudrais te proposer de jouer la narratrice.

— Quelle narratrice ?

— Celle qui raconte l'histoire.

— Quelle histoire ?

— Je parle d'*Eugène Onéguine*.

— Mais c'est pas une narratrice, c'est un narrateur.

— Ce sera une narratrice. Tu as écrit l'adaptation, ce sera une narratrice. Il n'y a que toi qui puisses raconter cette histoire. Cette histoire est celle de Tatiana, mais c'est la tienne surtout.

Les larmes jaillissent à l'intérieur.

— Je me sens tellement petite.

— Tu ne devrais pas.

Un long temps passe. Puis je reprends :

— Alors je serai sur le plateau à regarder les autres, et à raconter une histoire qui leur arrive à eux ? Et à moi ? Qu'est-ce qu'il m'arrive à moi ?

— Toi tu seras celle qui regarde, celle qui témoigne. Et tu vivras l'histoire par procuration. Prends tout ton temps pour réfléchir.

Elle se lève et ramasse ses affaires.

— Victoire !

— Oui ?

— Tu sais comment est mort Pouchkine ? En duel. Il s'est fait tuer par l'homme qui avait séduit sa femme. Il a mis en scène dans son livre le même duel que celui dans lequel il a trouvé la mort ! Il a mis en scène sa propre mort ! Tu te rends compte ? Je me demande si les événements qu'on traverse ne sont pas façonnés par ce qu'on est au fond. Et qu'on ne savait pas qu'on était.

Une tempête balaie mon crâne. Qui dure pendant des jours. Jusqu'à cet appel de mon père qui fait tout basculer.

« Dans l'âme qui semblait transsie
Remue comme une vie nouvelle. »

Chapitre 8

— Humhumhumhumhum !

— Qu'est-ce qui t'arrive ?

— Non rien je suis enroué (raclement de gorge, raclement de gorge). Oh bon Dieu ! Tu entends ? (raclement de gorge). Un chat dans la gorge. Alors je ne sais pas.

— Tu n'es pas malade ?

— Non ce n'est rien, je ne suis absolument pas malade (raclement de gorge). Mais figure-toi que je dois te parler de quelque chose d'absolument capital.

— Ah oui ?

— Absolument (raclement de gorge). Attends-moi une seconde, je ferme la porte de façon irrésistible, sinon je crains que la vieille toquée ne me persécute à nouveau.

Il pose le combiné violemment, le choc fait vibrer mon tympan, puis j'entends une traînée de savate, un verrou qui se ferme, et retour. Puis (raclement de gorge) :

— Voilà. Imagine-toi qu'il m'est rentré une somme d'argent absolument phénoménale.

— Ah bon ?

— Vertigineuse.

— Les Japonais ?

— Pas du tout. C'est… oh et puis non, tiens. Je ne peux pas t'en parler par téléphone, c'est trop dangereux.

Il s'est mis à chuchoter.

— Il s'agit du *Crépuscule.*

Puis parlant soudain très fort et très faux comme s'il voulait détromper un espion caché dans le placard :

— Il faudrait que tu viennes me voir. Quand est-ce que tu peux venir me voir ?

— Maintenant.

Une heure plus tard je suis dans sa chambre, il contemple *Le Crépuscule.* Quatre personnages dans un intérieur avec, au dernier plan, une fenêtre ouverte sur un paysage dans une lumière crépusculaire, dans lequel se dresse comme un pauvre valeureux, un petit arbre mort. Tout au loin, des montagnes. Aucun personnage ne regarde devant lui, ni ne regarde les autres. Ils semblent tous ailleurs, au-delà d'eux-mêmes.

— C'est beau, bordel. Regarde.

— Magnifique.

— Je l'ai peint à 25 ans. Tu te rends compte ? C'est un chef-d'œuvre. Un véritable chef-d'œuvre.

— Tu voulais me dire quelque chose à propos du *Crépuscule* ?

Il prend un petit temps pour savourer son annonce. Puis il tourne la tête dans ma direction et, avec un ton d'évidence qui ne laisse place à aucun doute, déclare :

— Je l'ai vendu.

Pourquoi est-ce que je le crois ce jour-là ? Qu'est-ce qui s'opère dans mon cerveau pour que la foi s'enclenche à l'intérieur de moi ? Il me parle et je l'écoute de loin, absorbée par ma propre sidération. J'y crois. Je le crois. Mon père vient de vendre *Le Crépuscule*. Son chef-d'œuvre. Le combat d'une vie.

— Et pas du tout aux Japonais, poursuit-il. Non pas du tout ! Les Japonais ne sont pas valables. Leur potentialité de fric est considérable mais c'était une très mauvaise piste.

Une fois de plus je n'écoute pas les paroles. Je ne fais que contempler cette bouche de mort qui les prononce.

— Non beaucoup mieux ! Devine.

Il y a tant de vie dans cette bouche de mort.

— Devine.

— Je ne sais pas. La reine d'Angleterre ?

Un cœur peut ne jamais s'assécher. La foi, toujours tenir.

— Non, non, pas la reine.

C'est le mien, de cœur, que je sens se remplir tandis qu'il parle.

— Je l'aime beaucoup, la reine. Elle est intelligente.

Je suis saisie par tant de vie, de joie, de foi.

— … beaucoup de classe, etc., mais elle aimerait que je lui donne *Le Crépuscule*. Et ça, tu comprends, il n'en est absolument pas question.

Bien sûr. Je comprends ça parfaitement. Et pourquoi donner maintenant ? Et à la reine encore ! C'est hors de question. On ne doit pas brader son œuvre, on ne doit pas brader sa vie, on ne doit pas se renier soi-même.

— Mais enfin je l'aime bien. Tu sais comment est-ce qu'elle m'appelle ?

— Qui ?

— La reine.

— Non.

L'increvable désir.

— Moi non plus j'ai oublié. J'oublie tout.

Il continue de grimper, à un rocher, à une montagne, à son increvable désir.

— John McEnroe ! Tu sais qui c'est ?

Son exclamation me sort de ma rêverie. Qu'est-ce que John McEnroe vient faire dans cette conversation ?

— Le joueur de tennis ?

— Absolument. Grand joueur. Une pointure. Magnifique.

John McEnroe. Mais quel rapport John McEnroe a-t-il avec la peinture ? Peu importe. Alzheimer pas Alzheimer. Alors je me laisse porter par cette nouvelle salve de vie, et il poursuit :

— Il possède une galerie de peinture absolument faramineuse à New York. On doit se voir prochainement. Mais enfin de toute façon, il est formidable, c'est un type absolument vertigineux, délicieux, gentil comme tout. Il ne parle pas très bien français, il baragouine comme ça quelques mots… aucune importance. Alors quand je lui ai demandé « est-ce que tu penses qu'on peut en obtenir un milliard de dollars », il m'a dit « écoute Georges, bien sûr c'est une somme assez importante, mais ça devrait pouvoir se faire, la toile est un chef-d'œuvre, etc. ». J'aime beaucoup. John McEnroe. C'est un type charmant. Tu sais qu'il est venu me voir ? Il est merveilleux ! Il a un très fort accent, il ne parle pas très bien français. Il baragouine comme ça quelques mots mais sans plus. Mais ça n'a aucune importance, il est charmant. Il tient une galerie à New York. Alors on va voir. Je lui ai parlé de mes projets. Je lui ai dit : « Est-ce que tu penses qu'on peut en obtenir un milliard de dollars ? » Ça n'a pas eu l'air de l'impressionner. Il m'a dit : « Écoute Georges, oui bien sûr c'est une somme assez importante mais après tout pourquoi pas. Ça ne me paraît pas du tout impossible. » Alors on va voir, quoi. De toute façon c'est un type absolument merveilleux. Et ça n'a pas eu l'air de l'impressionner. Je lui ai dit : « Est-ce que tu penses qu'on peut en obtenir un milliard de dollars ? » Il m'a dit : « Écoute oui bien sûr c'est une somme assez importante mais après tout pourquoi pas ! Faut voir. » Enfin en tout cas, c'est un type charmant. Il m'aime beaucoup. On doit se tenir au jus. Voilà ma bichette.

Je repense à Arthur, à son fou rire lorsqu'il a évoqué que je puisse écrire « un poème sur mon père ». Je ne vais pas écrire un poème sur mon père.

Je vais écrire mon père, le saisir dans sa teneur poétique. Écrire sa vie régénérée.

— Mon *naughty boy* ! Ça me revient ! C'est comme ça que m'appelle la reine ! Mon *naughty boy.*

« La liberté me viendra-t-elle ?
C'est l'heure ! – je l'invoque aux vents ;
Passe un navire, je l'appelle,
Je suis la rive et vais rêvant. »

Chapitre 1

Je dois répondre à Victoire. Deux semaines se sont écoulées depuis sa proposition. Ma décision est prise. Je vais à mon ordinateur, l'ouvre, démarre un document Word et commence à écrire. *Victoire.* Chère Victoire ? Non. Victoire. *Ce qu'on a vécu m'a émiettée. Je passe mon temps à tenter de rassembler mes morceaux...* J'efface. L'urgence me laboure, impossible de me concentrer.

Je me mets au piano. J'ouvre la 2e *Partita* sur l'allemande.

J'ai toujours aimé la jouer. *Ce qu'on a vécu m'a émiettée.* Quelque chose dans sa structure ressemble à une traversée, longue, continue, harmonieuse. Dénuée d'à-coups ou de secousses. Six pages qui s'écoulent avec la facilité d'un train dans la nuit. Et puis il y a le trille de la fin, ces petites notes qui vibrent ensemble comme un grelot le temps d'une mesure. *Tu disais qu'à deux on y arriverait.* Au fond, je ne joue les six pages qui précèdent que pour ça : aboutir au trille. Chaque fois, je suis mise dans un état de désir puissant que quelque chose arrive. Et je le désire précisément parce que je sais non seulement ce qui va se produire, mais aussi que ce qui va se produire m'apaisera, car ce qui va se produire mettra fin à l'attente impérative qui m'a tenue jusqu'ici. Le trille, c'est la résolution de l'histoire, le retour de la détente.

Je commence à jouer. *Victoire.* Patiemment. Une page. Deux pages. Trois. *Victoire.* Comme d'habitude je me sens dans cet état d'attente fébrile. Les mots cognent dans ma tête, résistent. Alors je continue, quatre pages, cinq. L'attente s'exacerbe. Elle m'excite. Je vais arriver à la résolution. *Victoire. Ce qu'on a vécu m'a émiettée. Je ne sais plus comment me réparer. Et ce que je veux te dire…* Mais tout à coup je ne sais pas ce qui se passe. Arrivée à la dernière mesure avant le trille, l'attente tombe, ce que j'attends ne se produit pas. La détente habituelle n'a pas lieu. Le trille m'est parfaitement inconnu. Rien de ce que j'ai imaginé jusqu'ici, de ce que j'ai rêvé, attendu qu'il se produise ne se produit. La réponse n'est pas conforme à mon attente. Elle n'est pas *satisfaisante.* Et à peine ai-je fait ce constat qu'une sorte d'abandon s'opère dans mon corps, atteignant chaque parcelle de mes membres, chaque goutte de mon sang. Et ce que je sens se répandre dans mon cœur brusquement, c'est une flaque, qui m'inonde de tendresse. Car ce que je comprends dans le même temps, c'est que cette réponse est bien plus belle que tout ce à quoi je m'étais attendue. Qu'elle excède toutes mes espérances. Et tout à coup je me sens pleine d'humanité. Sans savoir ce qu'il y a derrière ce mot. Mais je sais que quelque chose comme ça se trouve en chacun de nous et que rien ni personne ne peut le détruire. Je sais que toute la tristesse, la joie, la maladresse, toute la violence dont nous usons pour accomplir nos actes, apprivoiser nos défaites, adapter nos rêves ou parfois les abandonner nous rapproche encore et encore de notre humanité. Le petit grelot du trille tinte alors à mes oreilles dans une éblouissante nouveauté et je me sens remplie d'une vérité nouvelle qui n'appartient qu'à moi, ce moment de solitude pleine où j'ai l'impression de devenir une autre. Je ferme le piano, j'attrape ma veste et je sors dans la rue.

Je grimpe les escaliers de la rue Paul-Albert. Arrivée devant Le Soleil de la Butte, je décide de monter la rue du Chevalier-de-la-Barre. Toutes ces maisons de mon enfance, le restaurant afghan, le foyer social, l'ancien Hôtel des Trois Poussins, je reconnais tout. Et je grimpe, je grimpe, et plus je grimpe, plus ce que je vois en bas me semble risible, minuscule. Alors je m'accroche à cette montée, chevalière naissante, vêtue de mon tabard sur lequel une gigantesque cicatrice est apparue. Je marche et les mots, en rythme, se forment sous mes pas.

« Victoire,

Ce qu'on a vécu m'a émiettée. Mais tu n'y es pour rien. Je t'en ai voulu de ne pas prendre soin de notre amitié, que tu donnais l'impression de balayer d'un revers de main comme une mouche qui aurait gêné tes plans. Mais au fond, tu n'es pour rien dans cette déflagration qui m'a ébranlée.

Tu sais, je suis allée voir mon père l'autre jour. On a regardé des photos de ses tableaux. Devant l'un d'eux, il m'a dit : "C'est extraordinaire ce qui se passe ici. Regarde : ce personnage que tu vois au dernier plan, il est beaucoup trop au dernier plan. Il est trop petit par rapport à ce qu'il est loin. Je ne l'ai pas voulu. Mais c'est ce qui fait que la toile est saisissante."

Je crois que si je devais décrire ma position dans l'existence, je n'aurais pas trouvé mieux : *trop petite par rapport à ce que je suis loin*. Il est temps que je rejoigne le plan réel de mon existence.

J'ai le sentiment d'avoir attendu, attendu des années que quelque chose se passe, que quelque chose me fasse exister en dehors de l'ombre. Je voulais vivre dans la lumière, alors que je suis heureuse quand je suis cachée ; laisser une impression sur les choses, être l'objet du regard des autres, alors que ce sont les choses qui m'impriment sans cesse et que, oui, tu as raison, je suis celle qui regarde.

Je ne jouerai pas dans le spectacle parce que je ne peux plus jouer la comédie, je ne peux plus faire semblant, je ne peux plus être une autre. Mais tu n'imagines pas comme je suis heureuse et fière d'avoir fait cette adaptation, qui, tu l'as compris, dépasse largement celle d'un texte. »

« Et moi, pour vous j'ai oublié
Ma soif de gloire et de lauriers. »
Chapitre 1

Les mois s'écoulent. Ma tournée est terminée, je n'ai plus de projet, juste du temps. Un temps vide. L'été a passé. Et dès septembre, une pluie fine s'est mise à tomber tous les jours. Je rends visite quotidiennement à mon père. C'est une traversée de ruines. Plus il ne meurt pas, moins il vit pourtant. Surtout depuis la vente du *Crépuscule*. Je me suis mise à consigner nos échanges, à transcrire, à recomposer ce que nous nous disons. De retour chez moi, je relis. Aucun sens n'en sort. Alors je recommence. J'y retourne. Chaque jour. Je me donne l'impression d'avoir entamé une course. Je cours pour le rattraper, rattraper le réel qui se dérobe, je veux saisir mon père avant qu'il ne m'échappe. Je suis dans une course contre la mort, le temps de la disparition, et une course contre cette immensité que ma propre vie en friche m'a ouverte, et qui épouse les contours infinis d'une galaxie de plus en plus obscure. Plus je cours, plus l'objet que je poursuis s'amenuise, plus ma quête devient grande.

Au retour d'une de ces visites, je pars m'abriter de la pluie au Soleil de la Butte. Assise dans la salle, je regarde la place de mon enfance, et il me semble que j'ai perdu quinze ans de ma vie à vivre dans une quête qui n'était pas la mienne.

Tiens, voilà Betsy qui me fait des signes derrière la vitre. Elle prononce des mots que je n'entends pas. À mon tour je lui réponds avec des gestes. On doit avoir l'air de deux folles. Elle rit et fait un cœur avec ses mains qu'elle pose sur sa poitrine en faisant boum-boum. Puis elle écarquille les yeux et je vois son beau regard sombre s'agrandir, prêt à avaler le monde. Sur ses lèvres je lis : au revoir.

Je l'observe pendant qu'elle s'éloigne puis je saisis le journal qui se trouve à mes côtés. Je cache ma tête dedans pour pleurer le temps perdu. Ma vie perdue.

Le premier titre sur lequel je tombe est : « Après avoir été retenue captive pendant trente ans, une tortue découvre le monde ».

« Nous revoyons en un instant
Un autre, un très ancien printemps
– L'écho en tremble au cœur qui l'aime –
Le rêve d'un pays serein,
La nuit, la lune, l'air marin. »

Chapitre 7

Je me mets à ne plus dormir. Allongée dans mon lit, je ferme les yeux et je vois apparaître des plaines, des montagnes, immenses et désolées. Je repense à ces paysages lunaires de mon enfance lorsque, au bout d'un voyage en voiture, je me réveillais devant le col de l'Izoard, plein de dunes et de cratères. On faisait le voyage en voiture depuis Paris, pendant dix ou douze heures parfois, partant le soir, roulant la nuit, une nuit pendant laquelle j'alternais endormissements et réveils dans une semi-conscience, me berçant aux ballottements de la voiture, ne connaissant plus ni heure ni lieu, et m'en remettant au chemin seul qui conduisait alors ma vie et que la voiture de mon père empruntait, sinuant entre les villages et les montagnes. Mais au tout petit matin, lorsqu'on passait le col d'Izoard, je savais qu'on s'approchait du but et j'étais toujours émerveillée de me trouver là, dans ce passage d'un monde à l'autre, celui de ma sage vie d'écolière à celui de la vacance. « C'est extraordinaire, disait alors mon père depuis son volant, ça ressemble très probablement à ce que doit être la

Lune. » Comment pouvait-il le savoir, à quoi ressemblait la Lune ? J'observais à travers les vitres de la voiture ce paysage rocheux et, assise dans l'hébétude de ces sortes de réveils où il demeure encore du rêve, j'avais l'impression qu'on avait pénétré un album de Tintin. Chaque soir mon père m'en lisait un avant de dormir. Les voix qu'il imaginait pour tous les personnages, son sens du théâtre, me plongeaient dans une fiction plus réelle encore que le vrai monde qui m'entourait. Mais c'était pour comprendre le lendemain – quand je me réveillais dans mon lit, ce traître quotidien – que j'avais en fait basculé dans le sommeil, cette autre réalité qui est celle des songes.

« Est-ce la clé de son mystère ?
Le *mot* est-il trouvé ? »
Chapitre 7

L'état de mon père ne cesse de se dégrader. Les idées n'atteignent plus leur but. Elles ne parviennent jamais au bout. Les mots fuient. Ils expirent dans un soupir qui ne laisse entrevoir aucune suite, mais bizarrement pas non plus de douleur. Loin de se vider, il semble se remplir. C'est un mystère que je veux comprendre. Creuser mon père pour pénétrer le mystère. Et soudain, je suis frappée de clairvoyance : mon père a un secret. C'est aussi simple que ça. Un secret qu'il n'a jamais dévoilé à personne. Une clé qui lui permet de se remplir au lieu de se vider, de continuer à exister malgré la disparition. Je veux cette clé, ce sera aussi la mienne.

Je fonce jusqu'à ma voiture, roule à toute allure sur l'autoroute, mon cœur menace de rompre. J'arrive essoufflée, en nage, j'ouvre la porte de sa chambre et je m'écrie :

— Papa ! Est-ce que tu as un secret ?

À cette époque il ne quitte plus son lit. Il n'a pas bougé. N'a pas ouvert les yeux. Je ne sais pas s'il m'entend, s'il comprend le sens de ma question.

— Un secret ? dit-il, comme si celle-ci lui parvenait de l'intérieur.

— Oui. Un secret ? Quelque chose que tu n'as jamais dit à personne.

Je reste dans l'embrasure, la main encore sur la poignée, le corps tendu vers ma propre vérité.

— Alors ? Un secret ? Raconte-moi un secret.

— Je n'ai pas de...

— Il n'y a pas un souvenir que tu as et que tu n'as jamais dit à personne ?

— Un secret ?

Sa voix est de plus en plus lointaine. D'où parle-t-il ? Comment cherche-t-on dans ses souvenirs quand les ponts avec la mémoire sont rompus ?

— Je me souviens...

— Oui ?

— Je me souviens, oui. J'étais dans la campagne.

— Oui ?

— Dans un champ. Oui c'est ça. Un champ. Et...

— Et ?

— Je ne sais plus.

— Si si. Tu étais dans la campagne, dans un champ, et ?

— Je me souviens. Je me souviens. Je...

— Oui ?

— Oh je... je ne sais plus.

— Mais si... Allez...

— Les mots m'échappent.

Le pont s'est rompu. Impossible de rejoindre l'autre rive. Celle des secrets. La rive bien gardée du secret de mon père. Mais qu'est-ce que je fais, bordel ? Après quoi est-ce que je cours comme ça depuis des mois ? Qu'est-ce que j'espère attraper, retenir ? Je claque la porte derrière moi et m'avance en criant :

— Mais si ! Merde ! Tu étais dans la campagne ! Tu étais dans un champ ! Et ?

— Et… je chiais.

— Tu chiais ?

— Je chiais, oui. Dans la campagne. C'était épouvantable. Le vent s'engouffrait entre mes fesses et… oh je ne sais plus.

— Si. Tu chiais dans la campagne, c'était épouvantable, le vent s'engouffrait entre tes fesses et ?

— Oui. Voilà.

— C'est ça ton secret ?

— Je crois oui. C'est ça. Je ne sais plus.

Je ne vais rien obtenir de plus, car il n'y a rien à obtenir.

Voilà donc le secret de mon père : la sensation du vent sur ses fesses tandis qu'il chiait dans la campagne.

Je retourne chez moi, déçue, déconfite.

Pourtant quelque chose m'intrigue plus encore que l'indigence de son secret. C'est que ce secret – ou son absence – j'éprouve non pas l'envie, mais la nécessité de le noter. Comme dans la fable où les frères creusent pour trouver le trésor, sans trouver d'autre révélation que le travail lui-même en est un, j'ai désormais la conviction qu'il n'y a pas de secret en dehors de moi-même. Et que le secret, le véritable, c'est ça : que c'est moi qui vais le bâtir.

« La rive
Est là. Mes félicitations !
Il était temps, j'ai l'impression. »
Chapitre 8

Et un jour, je reçois cet appel de mon père en pleine rue.

— Je suis allé sur la Lune.

Je m'arrête, et avec moi le monde. Où est cette Lune dont il revient ? L'a-t-il jamais quittée ?

Figée ce jour-là sur le trottoir dans une parfaite hébétude, je lui demande de répéter.

— Où es-tu allé ?

— Sur la Lu-ne ! Je suis allé sur la Lune ! répète-t-il comme s'il s'adressait à quelqu'un d'un peu sourd.

Une poussière danse devant mes yeux. Une constellation qui se change en or à mesure qu'il continue de parler.

— C'est extraordinaire ! Plein de rochers. Extraordinaire.

— Mais comment y es-tu allé ?

— Je ne sais plus. En avion probablement. Mais aucune importance puisque de toute façon c'est magnifique. Je te montrerai. J'ai pris des photos.

Il n'a jamais possédé d'appareil photo de sa vie.

Jamais pris de photo.

Jamais tenu en main le moindre boîtier.

La poussière scintille devant moi et me montre enfin le monde comme j'ai toujours voulu le voir.

— Le plus extraordinaire, dit-il, c'est que là-bas, les gens sont comme ici. Il y a des hommes. Des femmes.

Je regarde les gens marcher dans la rue et je me sens appartenir à leur marche. Mon corps reprend vie dans leur tumulte quotidien. C'est alors que quelque chose cède à l'intérieur. Un rire venu des entrailles de la Terre jaillit comme un geyser. Le rire déborde de mon cœur, se déverse dans la rue, inonde l'asphalte, éclabousse les gens. Mais je ne veux pas interrompre ce prodige, ce miracle. Alors je décide de le rejoindre, très vite, et promets de venir le voir dès le lendemain.

— On déjeunera au restaurant.

— Au restaurant ? me dit-il, mais je ne crois pas qu'il y ait de restaurants sur la Lune !

Je lui dis que ce n'est pas grave, que nous resterons sur la Terre, qui est quelquefois si jolie. J'entends sa déception quand il dit :

— Ah.

Mais moi, j'ai déjà la tête dans les étoiles.

« Elle avait l'air, parmi les siens,
Venue d'ailleurs, surgie de rien. »
Chapitre 2

Mon père, je l'avais toujours vu lire *Le Monde*. Chaque jour, après sa sieste, vers quatre heures de l'après-midi, il descendait l'acheter, puis il revenait s'allonger dans son lit ou s'asseyait dans l'un des fauteuils crapauds de la salle à manger. Il chaussait ses lunettes, de gros verres à travers lesquels ses yeux s'accordaient aux proportions de la minutieuse dissection qui l'attendait, et disparaissait deux longues heures dans la lecture de son journal. Je le regardais tourner les pages de ce monument, entrevoyant parfois les titres, obscurs à mes yeux d'enfant, et je comprenais qu'il y lisait désolation, déception, perte, ruines. Parfois je l'entendais soupirer ou émettre de petits jugements mystérieux. « Ah le fric, le fric ! » disait-il, et il me semblait chaque fois y entendre autant de tristesse à l'égard des êtres humains qui luttaient quotidiennement pour en obtenir que de mépris pour ces mêmes êtres qui prenaient de plus en plus goût à ce fléau, au point qu'ils n'auraient désormais plus le choix que d'en vouloir éternellement plus. D'autres fois, je l'entendais dire « Oh !

Untel est mort » et, après avoir levé du journal des yeux effarés ou perplexes, il s'absorbait plus profondément dans une pensée impénétrable, et j'avais l'impression que le fauteuil l'avait amalgamé en son sein immobile et que le mort, c'était lui. Chaque jour, l'observation de ce spectacle me rendait mon père lointain, inaccessible, monumental. *Le Monde*, c'était lui, ces moments de mon existence passés à observer cet homme-monde, cet homme d'une ère ancienne, imprenable et incompréhensible. C'était mon monde. Mon territoire, celui sur lequel je grandissais, à l'ombre d'une effroyable complexité, celle d'un siècle qui n'était pas le mien. Une fois sa lecture terminée, mon père repliait le journal puis le laissait négligemment joncher le sol, parmi d'autres *Monde.* Et alors le quotidien véritable, la vraie vie, le passage du bus dans la rue des Martyrs, le tumulte du dehors et du petit monde agité et vivant reprenaient doucement leur cours. Chaque jour pourtant, j'attendais ce moment comme un rituel. Comme ces messes qui, bien que lénifiantes par leur musique, nous angoissent par leurs sentences. *Le Monde* me rassurait par son retour sans fin, comme sont rassurés les enfants à qui on lit indéfiniment la même histoire, à la même place et sur le même ton. Et même s'ils me semblaient secrets et inquiétants, j'aimais ces moments d'études silencieuses qui m'apprenaient que bien avant moi, un homme s'était senti venir d'un autre monde, et que cet homme, c'était mon père.

« Et voici Tatiana, ma fille.
Tania, approche un peu plus près ! »
Chapitre 7

— Comment s'appelle votre fille, monsieur ? demande distraitement la femme qui s'agite dans la chambre quand je viens le voir le lendemain.

Mon père ne bouge pas, ses yeux sont fermés. La femme continue de plier un pantalon, des tee-shirts, une chemise.

— Hein, monsieur ? Comment est-ce qu'elle s'appelle votre fille ? redit-elle lentement, comme à un grand débile.

— Ma fille ? répète-t-il comme si cette question ne voulait rien dire.

Ses yeux s'ouvrent et me regardent.

— Comment je m'appelle ?

— Tu t'appelles…

— Comment je m'appelle ?

— Eh ben… dis-le ! dit-il, roublard.

— Non. Toi, dis-le.

Je n'ai pas fait tout ce chemin pour mourir en route. Alors je m'acharne. « Dis-le. »

— Non toi.

— Non toi !

— Non toi !

Il rit. Ses yeux se brouillent. Il ne s'attendait pas à ça. Moi non plus.

Il regarde la femme, cherche une réponse dans ses yeux mais n'y trouve rien, sauf de la consternation.

— Tu ne sais plus comment je m'appelle ?

La femme cesse tout mouvement. Elle guette successivement mon père et ma réaction, attendant de lire sur mon visage l'éclat de la vérité – celle de mon identité, ou celle de ma disparition.

Je ne me souviens pas si j'ai ri. Juste du temps qui s'est soudain dilaté. Et d'un grand vide dans ses yeux à lui, un vide qui maintenait son petit corps en alerte. Un trou béant occupait l'espace. Un trou qui avait entrepris de ravager mon cœur. Je ne percevais plus mes propres battements. Voilà, c'en était fait. Il était trop tard. Comme cet homme j'allais mourir. Alors fébrilement, tout bas, je redis :

— Comment je m'appelle, papa ?

« Adieu, vallées qui me sont chères,
Et vous, collines familières,
Et vous, forêts toujours connues,
Et toi, ciel pur aux calmes nues. »
Chapitre 7

Devine combien je t'aime raconte l'histoire de Petit Lièvre Brun et Grand Lièvre Brun. Petit dit à Grand, devine combien je t'aime. Je ne sais pas, répond Grand. Alors Petit ouvre ses bras et dit, grand comme ça. Et moi comme ça, dit Grand Lièvre Brun en ouvrant les siens, dont l'envergure est plus large. Petit Lièvre Brun trouve ça vraiment très grand. Il veut surenchérir. S'ensuit alors un exercice de démonstration où chacun tente de prouver à l'autre que son amour est toujours plus vaste. Grand comme ça ! dit Petit. Et moi comme ça ! dit le Grand. Haut comme ça ! assure Petit tandis que Grand lui oppose que le sien est plus haut encore. À bout d'idées et de preuves, Petit Lièvre Brun assure au Grand que son amour est indépassable puisqu'il est cosmique : jusqu'à la Lune, dit-il. Puis comme il est très fatigué d'avoir si grandement aimé, il s'endort. Alors Grand Lièvre Brun réfléchit un moment et murmure à Petit endormi que son amour à lui va aussi jusqu'à la Lune et retour.

Lorsque mon père est mort j'ai vécu une ou deux journées dans un chagrin immense. Je ne le reverrais ni ne l'entendrais plus. Plus jamais. C'est une chose incroyable lorsque *jamais* prend corps dans le réel. Lorsque *jamais* quitte le monde des mots pour s'incarner, quand bien même ce serait pour s'incarner dans la disparition et la perte. C'est douloureux, la perte, une partie de soi se détache de notre corps. S'en arrache. La voix s'éteint. Lorsqu'on m'a appelée pour m'annoncer sa mort, j'ai fait comme d'habitude : évité un contact trop brutal avec la réalité. Le téléphone a sonné, j'ai décroché, on a dit mon nom et j'ai compris. Alors j'ai pris le combiné et je l'ai éloigné de mon oreille en hurlant non non non ! Au bout du fil, elle a dit si et puis elle a fondu en larmes.

Le lendemain quand je me suis réveillée, j'étais libérée d'un poids qui n'était pas seulement celui de mon attente comblée, mais celui de ma place sur la Terre. Une autorisation m'était donnée de vivre sans plus être une enfant. Une autorisation m'était donnée de vivre dans une vie où je n'attendrais plus rien que de moi-même.

Cette mort n'était rien. Elle n'avait rien détruit. Seulement le corps, qu'il fallait jeter. Comme on se débarrasse d'un objet inutilisable, comme on jette une vieille enveloppe à la poubelle. Pour le reste, tout était là en moi désormais, intact, bien plus qu'un dépôt au fond d'une bouteille.

Tout était là désormais, à ma portée, à portée des mots. Ceux qui l'avaient déserté, j'allais les réhabiliter, ses silences je pourrais les remplir, ses rêves, les rendre réels, et par un incroyable tour de passe-passe, je savais que c'était par là que je reprendrais moi aussi corps dans celui-ci. Il y avait bien longtemps que je n'étais plus rien qu'une ombre errante à la recherche de ma propre réalité. Et la voilà qui se présentait à moi sous la forme d'une nouvelle disparition.

Qui de mon père ou de moi a emporté l'autre dans ses bagages ce jour-là ? En mourant, lui m'a en tout cas fait renaître. Et maintenant je peux le dire : quand je lui ai demandé mon nom la dernière fois que l'on s'est vu, il m'a répondu. Betsy. Tu t'appelles Betsy. C'est ton nom. Et c'est un joli nom.

Écrire, c'est se regarder vivre de dos.

Bien plus qu'un dépôt au fond d'une bouteille. Bien plus qu'un aller vers la Lune. Tout était là, en moi, jusqu'à la Lune et retour.

J'avais tout dans ma tête.

« Nous pourrions transformer nos routes :
Des ponts de fonte sur les ondes
Élanceraient leurs arcs puissants ;
Trouant les monts et construisant
Sous les eaux des voûtes profondes. »

Chapitre 7

Des mois plus tard, je suis revenue à la Maison des Artistes. Je voulais revoir le parc, entendre de nouveau la tranquillité du lieu, déambuler parmi les arbres, les statues, les fourmis, les fantômes.

Je suis descendue de chez moi et j'ai longé la rue Ronsard.

Arrivée au coin du jardin de Montmartre, j'ai aperçu la petite fille aux cheveux de jais qui avançait du même pas heurté et dansant que la première fois où je l'avais vue, alternant un rebond sur un pied puis sur l'autre, dans un élan inépuisable, trouvant son ressort propre dans son propre mouvement. La marche des géants libres. Elle n'avait plus de cartable. Peut-être plus d'école. La voilà délivrée, heureuse, évoluant dans une joyeuse apesanteur.

Je suis montée dans ma voiture et j'ai commencé à rouler vers Nogent. Ce ne serait pas un long voyage mais il aurait la solennité d'un pèlerinage. Le soleil chauffait le pare-brise, chauffait la carrosserie, chauffait mon crâne. Il y a des moments précieux dans l'existence, de petites liesses intérieures qui n'appartiennent qu'à ceux qui les vivent. Ces fêtes solitaires et impartageables sont une expérience heureuse de la solitude. J'ai ouvert le lecteur de musique, un disque était posé. C'était l'album *Le Fil* de Camille. J'ai appuyé sur play et j'ai poursuivi ma route en direction de l'est, là où le soleil entrecroisait ses doux rayons.

L'album commence par une sorte de bourdonnement de voix sur une note. Un *do* ou un *si* peut-être ? Puis les chansons défilent et ce bourdonnement reste. Jusqu'à la fin. Jusqu'au-delà même de la fin, après que Camille a terminé de chanter les dernières paroles de la dernière chanson – « Quand je marche » – après que la guitare s'est tue, après les derniers accords, après tout ça, dans le silence, il n'y a pas de silence, car dans le silence, il y a ce bourdonnement qui persiste, ce bourdonnement, ce fil qui a relié toutes les chansons entre elles persiste, un fil qui a traversé tous les morceaux, chacun comme une planète solitaire, un bout d'espace-temps, chaque chanson comme une odyssée singulière qu'entre elles rien ne relie. Arrivée à ce moment de mon écoute, je me suis mise à pleurer, pleurer, pleurer, à sangloter comme une enfant, et ce bourdonnement qui ne s'arrêtait pas, ce bourdonnement qui ne s'arrêterait jamais, jamais plus.

Mais qu'est-ce que j'avais à chialer comme ça ? Et qu'est-ce que j'allais faire de tout ce sel, qu'est-ce que j'allais faire de toutes ces larmes ? Une mer. Je ferais une mer nouvelle. C'est ce qu'il me restait. Regarder mes rêves. À l'infini. Devenir ma propre narratrice, la narratrice de cette histoire qui me raconte, celle d'une comédienne qui ne peut plus jouer la comédie. Alors j'ai continué de rouler avec ce bourdonnement qui n'en finissait pas, qui ne finirait jamais, et j'ai roulé, roulé, j'ai continué de rouler en direction de Nogent, en direction des rêves enfuis, et – tiens, déjà l'autoroute A4 – continué de rouler sur le chemin des ruines. L'autoroute m'a semblé de plus en plus large et longue tout à coup, et malgré les larmes qui m'embuaient et avec ce fil pour bande-son, j'ai continué de rouler et je ne voyais plus les voitures. Je ne voyais plus la route, l'autoroute A4, car soudain il n'y avait plus de route. Il n'y avait plus rien, il y avait l'espace, le grand vide de l'espace, il y avait l'univers devant moi, l'univers au bout de mes doigts et ma voiture qui continuait d'avancer, qui continuait de fendre l'univers. C'est alors que brusquement, la voici qui s'est dressée. Ronde. Blonde. Franche. Un disque originel semblant sortir de terre. La Lune.

Alors ma voiture et moi, ce qu'on a fait, on s'est garées. Elle m'a ouvert sa portière, et je suis descendue.

Et j'ai marché. J'ai marché sur la Lune. J'ai avancé sur la Lune. J'ai regardé autour de moi. J'ai tourné la tête à droite. J'ai tourné la tête à gauche. Lentement. Une tortue qui découvre le monde. Et j'ai vu des hommes. Des femmes. Des rochers. Et Victoire qui me souriait. Victoire qui me comprenait. Et un vieil homme avec une canne, piloté par un autre, pour qu'il ne tombe pas.

Interdiction
absolue de
toucher à quoi
que ce soit ici

Remerciements

Je remercie l'équipe de Flammarion, en particulier Alix, mon éditrice, pour sa confiance et son regard sur le texte qui m'ont agrandie, et Tatiana, pour sa lecture précise et sa bienveillance.

Je remercie très chaleureusement l'équipe de Trames, mes amies et agentes, Camille, Kinga, Sylvie, Violaine, pour m'avoir soutenue et accompagnée dès le début de ce texte.

Enfin, je tiens à remercier Clémentine Beauvais, dont la Tatiana géante de son *Songe à la douceur* m'a inspiré quelques rêveries.

Cet ouvrage a été mis en pages par

<pixellence>

CET OUVRAGE
A ÉTÉ ACHEVÉ D'IMPRIMER
SUR ROTO-PAGE
PAR L'IMPRIMERIE FLOCH
À MAYENNE EN OCTOBRE 2022

N° d'édition : 546014-0. N° d'impression 101349
Dépôt légal : janvier 2023
Imprimé en France